KB036769

성인들을 위한
잔혹동화

성인들을 위한 잔혹동화

초판 1쇄 인쇄일 | 2019년 7월 15일   초판 1쇄 발행일 | 2019년 7월 20일

지은이 | 지건, 콕콕
펴낸이 | 강창용

펴낸곳 | 시큐브
출판등록 | 1998년 5월 16일 제10-1588
주 소 | 경기도 고양시 일산동구 중앙로 1233(현대타운빌) 1210호
전 화 | (代)031-932-7474
팩 스 | 031-932-5962
이메일 | c.cube.book@gmail.com

ISBN 979-11-6195-093-8 03810

시큐브는 느낌있는책의 장르 분야 브랜드입니다.

* 책값은 뒤표지에 있습니다.   * 잘못된 책은 구입처에서 교환해 드립니다.

이 도서의 국립중앙도서관 출판예정도서목록(CIP)은 서지정보유통지원
시스템 홈페이지(http://seoji.nl.go.kr)와 국가자료종합목록 구축시스템
(http://kolis-net.nl.go.kr)에서 이용하실 수 있습니다.
(CIP제어번호 : CIP2019026171)

성인들을 위한

감옥동화

지건 · 콕콕 지음

차례

인어공주 … 7

벌거벗은 임금님 … 19

빨간 모자 … 31

노간주나무 … 41

공주와 완두콩 … 55

강도 신랑 … 65

개구리 왕자 … 79

하얀 새 … 91

백설공주 … 105

노래하는 뼈 … 121

사랑하는 롤란트 … 129

빨간 구두 … 139

신데렐라 … 147

가난한 농부의 영리한 딸 … 159

잭과 콩나무 … 169

늙은 힐데브란트 … 183

엄지공주 … 195

트루데 부인 … 207

헨젤과 그레텔 … 215

잠자는 숲속의 공주 … 227

외다리병정 … 237

라푼젤 … 249

인어공주

폭풍우는 예고 없이 몰아쳤다. 왕자를 태우고 있던 황금 함대의 기함은 그 위용이 무색하게도 한순간에 파도에 잡아먹히고 말았다. 망망대해 물속에 가라앉으며 왕자는 자신을 향해 뻗어 오는 가느다란 팔, 사파이어 같은 푸른 눈동자, 부끄러움 따위는 없이 드러낸 뽀얀 젖가슴을 눈에 담았다. 그리고 바다를 누비며 자신을 뭍까지 데려다준 비단 지느러미도….

왕자는 정복자였다. 약소국가들을 침략하고 약탈했으며 파괴했다. 그러면서 타국의 왕녀, 시녀, 평민 가릴 것 없이 노리개로 삼았고 끝 모르는 욕망을 거리낌 없이 분출했다. 새로운 국가를 침략할 때마다 여자를 끌어들였고 지루해진 여자는 성 밖 황무지로 내쫓거나 매음굴에 팔아버리면 그만이었다. 폭풍우가 몰아치던 밤, 인어에게 구해진 왕자가 자신의 왕국으로 돌아가며 생각한 것은 은혜에 대한 보답이 아니라 심해에 있을 인어들과 그들의 나라에 대한 정복욕이었다. 분명 그 바다의 국가에도 미녀들이 수없이 많으리라. 왕자는 자신을 뭍에 눕힌 후 바라보던 인어의 표정을 똑똑히 기억했다. 그것은 자신에게 반한 암컷의 표정이었다. 그가 수도 없이 봐왔던 바로 그 표정.

그는 자신이 살아남은 해안 근처 성에 머무르면서 인어들의 나라와 자신을 구해준 인어를 찾아 헤맸다. 하지만 쉽게 찾을 수가 없었다.

왕자가 해안의 성에서 생환을 기념하기 위해, 그리고 이웃 나라와의 화친을 기념하기 위해 연회를 벌이고 있을 때였다. 어디서 나타났는지 불쑥 알몸의 여인이 등장했고, 그녀는 대책 없이 왕자에게 달려들다가 근위병에게 포위되었다. 그녀는 지느러미 대신 매끈한 두 다리를 가지고 있었지만, 왕자는 그녀의 푸른 눈동자와 자신을 사랑해마지않는 눈빛에서 그날 밤의 인어임을 눈치챘다. 왕자는 흥분되는 감정을 감추고 표정을 가다듬었다. 이 자리에는 이웃 나라와의 화친의 대가로 받게 될 막대한 공물과 자신과 결혼할 공주가 있었기 때문이었다.

왕자는 멀리서 눈으로 인어를 훑었다. 바닷속에서 물결에 따라 흔들렸을 가슴과 오목하게 들어간 배꼽, 잘록한 허리, 아직 솜털이 돋은 채인 보송한 사타구니가 아무런 장벽 없이 드러나 있었다. 어두운 밤, 슬쩍 스치기만 했을 뿐 제대로 확인하지 못한 몸의 지도가 눈앞에 펼쳐졌다. 다리를 얻은 인어의 몸은 지나치게 성숙하거나 아주 미숙했다. 왕자는 그 몸이 무척 마음에 들었다.

근위병이 인어의 목에 날카로운 창을 들이대고 소리쳤다.

"무엄하도다. 네 신분을 밝혀라!"

인어의 입은 아가미처럼 뻐끔뻐끔 공기를 내뱉기만 할 뿐, 어떤 말도 만들어내지 못했다. 인어는 울먹이며 왕자를 바라보았다. 진주처럼 반짝이는 눈에 눈물이 고여있었다. 성대를 사용해 소리 내는 법을 몰라서인지 답답하고 고통스러워 보였다. 그 모습에 왕자는 쾌재를 불렀다. 이토록 탐스러운데 말까지 못 한다니 어느 여자보다 순종적일 것이 분명했다.

"두 나라가 연을 맺는 귀한 연회를 방해했으니, 합당한 처벌이 필요하겠죠?"

이웃 나라 공주의 말에 근위병이 고개를 끄덕였다. 근위병이 거친 손길로 인어를 연회장에서 끌어내려고 할 때, 왕자가 말했다.

"오늘처럼 기쁜 날, 불미스러운 일이 일어나서야 되겠습니까? 어쩌다 흘러들어 온 벙어리인가 본데, 자비를 베풀어 먹을 것을 주고 내쫓는 것이 어떻겠는지요."

왕자가 손짓하자, 근위병이 인어를 놓아주었다. 연회에 참석한 귀족들이 박수를 치며 왕자의 인품을 칭찬했다. 왕자는 그

박수를 공주의 아름다움에 돌리며 근처에 있던 하인의 귓가에 속삭였다. '저 여자를 내 방으로 들여라.' 그는 몰랐다. 자신이 은밀히 인어를 빼돌리는 것을 공주가 의미심장한 눈으로 바라보고 있다는 것을.

그날 밤 왕자의 침실에 향유로 몸을 씻은 인어가 들어왔고, 인어의 아름다운 몸을 다시금 찬찬히 살펴본 왕자는 흡족한 마음으로 인어에게 다가갔다. 한 번도 남성의 손을 타지 않은 인어의 몸을 자신의 것으로, 나만의 것으로 천천히 물들여야겠다고 생각했다. 순백의 처녀를 요부로 타락시키는 것도 각별한 재미일 테지.

왕자는 두려움에 떠는 인어의 몸을 찬찬히 쓰다듬으며 침대에 조심스레 눕혔다. 인어는 왕자가 이끄는 대로 순순히 따랐다. 왕자는 자신의 눈길을 한눈에 뺏어간 봉긋한 가슴부터 공략했다. 생크림을 먹듯 부드럽게 핥기도 하고, 연분홍색 유두를 손가락으로 유린하기도 했다. 인어는 이 모든 것이 처음인 듯 혀와 손이 닿는 대로 움찔거리며 흐뭇한 반응을 보였다. 왕자가 가슴에서 시작해 오목하게 들어간 배꼽을 혀로 핥으며 내려가 사타구니를 탐닉하기 시작하자 인어는 온몸을 떨며 흥분했다. 인어는 나오지 않는 목소리를 잊은 듯 입을 벌리고 교성을 내뱉으려 했고 왕자는 그 모습에 더욱 흥분하며 단단해진 자신의 양물을 축축해진 인어의 사타구니에 거칠게 집어넣었다. 단단하고 커다란 양물이 인어의 막을 찢으며 작은 저항을 뚫고 도달하자 인어는 허리를 뒤로 꺾으며 바르르 떨었다. 인어의 사타구니로 흐르는 피, 움찔거리며 흥분하는 인어, 그 와중에 봉긋이 솟은 가슴과 잘록한 허리, 다시 풍부해지는 골반을 보며 왕자는 거침없이 인어를 유린했고, 인어는 첫 경험에 아픔을 느끼는 듯하면서도 온몸이 달아올라 왕자를 꽉 잡고 매달렸다. 왕자는 자신의 밑에서 숨을 헐떡이는 인어를 만족스러운 눈으로 보고는 계속해서 인어의 몸을 탐했다. 이때껏 느껴보지 못한 충족감과 만족감이 왕자를 휩쓸었고, 이날 이후 인어와의 잠자리를 하루도 거르지 않았다.

왕자는 순종적인 인어를 쉴 새 없이 흥분시켰고, 인어의 사타구니는 마를 새가 없었다. 시간이 지나며 잠자리가 익숙해진 인어는 먼저 왕자에게 달려들기도 했다. 머리에는 오로지 왕자의 양물밖에 없는 듯, 온몸을 이용해 날이 갈수록 왕자를 더 만족시켰다.

왕자는 낮이면 이웃 나라 공주와 화친과 결혼에 관한 이야기를 나누었다. 어떻게 하면 인어와 공주를 둘 다 취할 수 있을까 생각하면서.

"왕자님, 듣고 계세요?"

인어와의 지난밤을 생각하던 왕자가 황급히 고개를 돌렸다. 공주가 의아하다는 얼굴로 왕자를 바라보았다.

"네, 듣고 있었습니다."

서명을 마친 공주가 왕자에게 깃펜을 내밀었다. 양피지에는 화친과 결혼에 관한 내용이 쓰여 있었다. 왕자가 꿈에서도 바라던 일이 실현되는 순간이었다. 왕자가 서명을 마치자 공주가 환하게 웃으며 왕자의 손을 잡았다.

"왕자님께서 생환하신 바다에서 결혼식을 치르고 싶어요."

왕자는 공주와의 첫날밤을 그리며 고개를 끄덕였다. 분명 인어와는 다른 재미가 있을 터였다. 온몸을 실크 드레스로 싸매고 있는 저 콧대 높은 공주를 눕힌다면, 꼼짝 못 하게 한 다음 위에서부터 천천히 맛본다면…. 상상만으로도 아랫도리가 부풀어 올랐다. 발가벗고 달려드는 인어도 좋지만, 요조숙녀는 하나하나 벗기는 재미가 있을 터였다. 왕자의 생각을 아는지 모르는지, 공주는 화사하게 웃을 뿐이었다.

결혼식은 성대하게 치러졌다. 이웃 나라에서 가져온 실크로 꾸민 식장에, 두 나라의 혼약을 축하하며 진상된 온갖 금은보화가 놓였다. 빼어난 요리사가 준비한 만찬이 차례차례 식탁 위에 올라갔다. 두 나라의 귀빈들이 모여 식장을 빼곡히 채웠다. 귀빈을 모두 대접하고 그들이 돌아가자 어느덧 해가 저물었다. 왕자와 공주는 첫날밤을 치를 별관의 방을 안내받았다.

공주가 몸을 씻으러 옆방으로 향했을 때, 왕자는 쾌재를 불렀다. 왕자의 진짜 만찬은 이제 시작인 것이다. 그때 반대쪽에 난 작은 방문에서 문을 긁는 소리가 들렸다. 문을 여니 알몸에 천을 두른 인어가 서 있었다. 왕자는 근위병에게 궁전 안 아무 별관에 인어를 가둬두라 했던 자신의 명령을 생각해 냈다. 어떻게 하면 들키지 않을 수 있지? 몸단장을 마친 공주가 들어오는 소리에 왕자는 황급히 작은 방문을 닫았다. 식은땀을 흘리는 왕자를 보고 공주가 물었다.

"무슨 일이세요, 왕자님?"

"아무 일도 아닙니다."

왕자가 태연한 척 손을 비볐다. 공주는 포도주를 건네며 침대에 걸터앉았고 왕자는 얼른 들이킨 다음 양초의 불을 껐다. 방은 완전히 캄캄해졌다. 바다를 비추는 달빛만이 창으로 스며들 뿐이었다. 왕자는 천천히 공주의 실크 로브 안에 손을 집어넣었다. 막 목욕을 마친 공주에게서 장미꽃잎 냄새가 났다. 공주의 아래 꽃잎에서도 같은 냄새가 날까? 왕자가 피식 웃으며 가슴을 모아쥐려는 순간 공주가 말했다.

"왕자님, 혹시 인어를 보신 적 있나요?"

놀란 왕자의 얼굴이 딱딱하게 굳었다.

"인어는 왜…."

왕자가 얼버무리자 공주가 이야기를 이어갔다.

"저는 본 적이 있답니다. 아주 어렸을 때요. 선상 위에서 열린 파티에 참석하고 있을 때였죠. 갑자기 바다가 일렁이더니, 폭풍우가 몰아치기 시작했어요. 살려주세요, 살려주세요 하고 외쳤지만 거센 비바람과 천둥소리에 제 목소리는 어디에도 들리지 않았어요. 저는 곧 배에서 떨어지고 말았죠. 그때였어요. 인어가 저를 바닷속에서 끌어안아 준 게."

왕자는 공주의 이야기가 어릴 적 이야기라는 걸 알고는 안심했다. 아마 꿈꾼 걸 기억하는 거겠지. 공주가 이야기할 동안 계속 그녀의 몸을 지분거리며 건성으로 들었다. 시답잖은 옛날이야기는 그만두고 어서 본편으로 들어가고 싶었다. 하지만 공주의 이야기는 끝나지 않았다.

"인어가 저를 폭풍우 치는 바다에서 구해주었죠. 그때 알게 되었어요. 그녀가 인어공주이고 바닷속에도 거대한 나라가 있다는 걸."

왕자는 그 말을 듣고 정신을 차렸다. 공주가 자신과 똑같은 경험을 했다는 것을 깨닫고 혼란에 빠졌다. 그럼 공주도 그 벙어리를 만났단 것인가? 그때 작은 방의 문이 끼이익 열리며 인어가 걸어들어왔다. 창가로 들어온 달빛이 인어를 비추고 인어의 손에 들린 예리한 단검이 달빛을 반사하며 요서스럽게 빛나고 있었다.

"인어가 바다에서 사람을 구해준다는 게 무슨 뜻인지 알고 계세요?"

비명을 지르려던 왕자의 숨이 턱하고 막혔다. 아무 말도 나오지 않았다.

"바다에서는 특이한 독도 쉽게 구할 수 있더군요. 포도주는 마음에 드셨나요?"

공주는 인어가 다가오자 한 발 뒤로 물러섰다.

"어리석고 색만 밝히는 왕자님, 바다에 사람을 빠뜨리는 것은 제물을 바친다는 뜻입니다. 그게 자의였든, 자연의 뜻이든 인어는 그 사실을 구별하지 않지요. 그리고 인어는 육지의 고기를 가장 좋아한답니다. 인어가 더 잔인한 것은 먹기 전에 충분히 모든 것을 즐기려 한다는 것이죠. 그게 육체적 기쁨이든 제물이든 가리지 않아요."

왕자는 자신의 양물에 갑자기 경험해보지 못한 고통이 밀려오자 비명을 지르려 했지만, 몸이 굳어 전혀 움직일 수 없었다. 고통은 생생하게 느껴지는데, 몸은 움직일 수 없다니. 바다의 신비한 독에 두려움을 느낄 새도 없이 하반신에 찌르는 듯한 고통이 느껴졌다. 왕자가 두려운 마음으로 내려다보자, 거기엔 자신의 양물을 입으로 잘라 물며 배시시 웃고 있는 인어가 보였다. 인어는 왕자의 양물을 천천히 씹어 삼키며 왕자에게 진한 미소를 보였다.

"지는 모든 수행원을 제물로 바치고 살아남았어요. 왕자님은 아무것도 바치지 않았죠. 인어공주는 그 대가를 받으러 온 것이니, 제가 도울 수는 없겠네요. 왕자님의 나라는 저와 아바마마가 잘 다스리도록 하겠습니다."

말을 마치고 방을 나가는 공주를 보며 왕자는 체념했다. 이제는 빠져나갈 길조차 보이지 않았다. 자신의 양물을 전부 먹어 삼키고는 발가락 끝부터 야금야금 뜯어먹고 있는 인어를 보며 왕자는 고통을 표현하지도 못하고 있는 그대로 느끼면서 그저 이 고통이 빨리 지나가기를, 차라리 어서 빨리 죽기를 기도했다.

벌거벗은 임금님

길게 나열된 커튼 사이로 햇빛이 마치 사열하는 의장대처럼 비추어 들어오고 있었다. 커튼 틈으로는 밖에 떼 지어 모인 군중의 환호 소리도 들어왔다. 방에 서 있던 남자는 창가로 다가가 손가락으로 커튼을 살짝 걷어 밖을 보았다. 궁전 앞에 모인 수백 명의 군중은 모두 살덩어리 그 자체였다. 팬티 한 장만 입는 남자부터 속 블라우스만 걸친 여자, 길게 자란 수염을 옷으로 대체한 노인, 진흙으로 몸을 칠한 아이들, 그리고 문자 그대로 알몸인 사람들까지 저마다 자신의 방식으로 피부를 드러내고 있었다. 심지어 궁전을 지키는 경비대마저 갑옷은커녕 속옷 하나 걸치지 않은 채 군화와 건틀릿과 투구만 쓰고 창을 위엄 있게 들었다.

　남자는 흡족한 미소를 지으며 탈의실로 향했다. 거울에 비친 남자는 수십 가지 보석으로 장식된 황금 왕관에 붉은 머리가 눈에 띄는 홀을 쥐고 있었으며 온몸에 황금색, 붉은색, 흰색으로 이루어진 의복을 입고 있었다. 국왕인 그는 곧 군중 앞에서 연설할 예정이었다. 보통의 임금이라면 더욱더 화려한 의복과 장식들을 걸치겠지만 이 나라의 임금은 옷을 하나둘씩 벗기 시작했다. 먼저 홀을 붉은색 쿠션 위에 내려놓고 화려한 왕관을 벗은 뒤 목 아래 매듭을 풀자 뒤로 길게 늘어뜨린 망토가 스르륵 바닥으로 떨어졌다. 상의의 반짝이는 황금 단추를 하나씩 풀고 사자머리 벨트를 느슨하게 풀었다. 상의를 벗고 바지의 단추도 풀어 벗자 흰색 속옷과 스타킹만 신고 있었다. 왕은 그 상태로 아무것도 없는 마네킹 앞에 섰다. 마네킹은 머리와 두툼한 가슴을 드러냈지만 팔다리가 없는 모습이 본래의 용도를 상실했음을 상징하는 듯했다. 국왕은 그 앞에서 흰색 스타킹을 벗어 던지고 마지막 남은 속옷들도 모두 벗었다. 그리고 마치 옷을 가져가듯 마네킹을 쓰다듬더니 보이지도 않는 옷을 입기 시작했다.

수개월 전이었다. 임금은 속에서부터 들끓어 오르는 노출증에 시달리고 있었다. 묵직하고 거추장스러운 의복을 입고 왕좌에 앉을 때면 그저 벗어던지고 싶은 충동이 일어났다. 시작은 사소했다. 궁전 복도를 지나가다 자신의 망토에 걸려 넘어진 임금은 복도에 늘어선 장식 갑옷 중 하나를 붙잡고 일어나다 장갑과 소매가 찢어져 벗겨졌다. 몸통뿐만 아니라 손마저도 흰 장갑으로 꽁꽁 싸맸던 임금은 시녀에게 처음 손을 보였고 시녀는 웃으며 말했다.

"어머, 임금님 손이 아름답고 따뜻하시네요."

임금은 놀라 시녀의 얼굴을 쳐다보았다. 체통을 지키지 못했다는 생각은 찰나였고 곧 알 수 없는 희열감이 온몸을 휘감는 것을 느꼈다. 이후로 임금은 실수와 우연을 가장하여 사람들에게 자신의 피부를 드러내기 시작했다. 음식을 흘려 상의의 단추를 풀거나 활쏘기를 할 때 소매를 걷어 팔뚝을 드러내는 등 점점 강도를 높혀갔다. 보다 못한 신하 하나가 이를 지적했다.

"전하, 제발 체통을 지켜주시기 바라옵니다. 천한 것들에게 속살을 보이는 것은 곧 크나큰 국왕의 위엄이 벗겨지는 것과도 같습니다."

임금은 욱하는 기분을 느꼈지만, 자신의 아버지와 할아버지와 그 전부터 내려오던 전통이 있었기에 아무 말도 하지 못했다. 그러다가 하루는 기가 막힌 생각을 떠올렸다.

"대신들은 들어라. 현재 짐의 의복을 만드는 자는 그 실력이 형편없어 나의 위엄을 제대로 보여주지 못하는구나. 내 새로운 재단사를 영입하였으니 앞으로 나의 의복은 이 사람이 모두 담당하리라."

신하들은 황당한 표정으로 재단사가 끌려가는 것을 보았고 임금이 소개하는 새로운 재단사를 바라보았다.

"전하, 방금 보내신 재단사는 대대로 왕실의 의복을 만들던 장인이옵니다. 이 새로운 재단사는 무엇이 특별하기에 곁에 두신다고 하옵니까?"

새파랗게 젊은 재단사는 겉보기에 그 어떤 연륜도 기술도 가지고 있지 않은 듯했다.

"이자는 인간의 양심을 비추는 실을 만들어 낼 수 있다. 이자가 만들어낸 의복을 어진 자가 바라보면 천상의 천사들이 입는 옷으로 보일 것이오, 악한 자가 본다면 아무것도 보이지 않을 것이다. 짐은 앞으로 이자가 만든 옷을 입고 어진 자만 곁에 둘 것이다."

신하들은 혼란스러웠지만 아무 말도 하지 못했다. 그리고 틈만 나면 신하들은 새 재단사가 일하는 공방으로 가 작업을 지켜보았다. 신하들은 분명 물레 앞에서 실을 짜는 재단사의 손에서 아무것도 보지 못했지만, 임금은 감탄을 자아냈다.

"훌륭하군, 이 실에서는 천상의 빛이 뿜어져 나오는구나."

이후로 신하들은 재단사가 실을 모으는 작업, 천을 짜는 작업, 의복을 재단하는 작업까지 지켜보았으나 아무것도 보지 못했다. 하지만 임금이 그때마다 입에 마르도록 칭찬하니 신하들은 악한 마음을 들킬까 봐 칭찬만 늘어놓을 수밖에 없었다. 마침내 의복이 완성되고 왕은 그것을 걸치고 왕좌에 앉아 신하들에게 선보였다. 신하들은 난생처음 임금의 알몸을 바라보면서 식은땀을 흘렸다. 마침내 한 신하가 참지 못하고 외쳤다.

"전하, 이게 무슨 망신이옵니까? 선왕의 가르침을 잊은 것입니까? 국왕으로서 위엄과 체통을 지켜야 백성들이 존경과 충성을 보이옵니다. 당장 재단사를 사형시키고 국왕의 체통을 지키시옵소서."

임금은 참을 수 없는 분노를 느끼며 외쳤다.

"백성들의 존경과 충성이 한낱 의복에서 나온다는 말이냐! 나는 존재만으로 이 땅의 모든 것에 명령을 내린단 말이다. 너는 내가 아니라 의복에 충성을 다하고 있었던 것이란 말이냐! 네놈은 속에 악이 가득하구나! 당장 이자를 처형하라!"

항의를 외쳤던 신하가 다시 입을 열려는 순간 뒤에서 칼날이 번쩍이더니 가슴팍으로 칼이 꿰뚫고 나왔다. 피가 뿜어져 궁전을 어지럽혔고 신하들은 공포에 질려 아무 말도 못 하고 고개를 떨구었다.

"또 누가 나를 알몸이라 하느냐!"

임금이 외치자 신하들은 앞다투어 찬사를 보냈다.

"전하, 새 의복이 훌륭하시옵니다."

"의복이 천상의 빛을 뿜어대니 하늘의 천사들과 어울리시는 듯합니다."

"전하의 후광이 온 나라를 비추옵니다!"

임금은 그 순간 너무나도 희열에 차올라 자칫 양물이 솟아오를 뻔했다. 그러고는 선포하였다.

"새 의복을 입고 백성들에게 가겠노라. 내 나라는 악한 자는 감히 발을 딛지 못하는 천상의 나라이니라. 누구라도 이 의복을 보지 못하는 자는 악마이니 악마는 감히 이 나라에서 살아남지 못하리라."

임금은 마네킹 앞에서 보이지도 않는 옷을 입는 것을 마쳤다. 임금은 처음 대중에게 알몸으로 나서겠다고 명한 날을 떠올리며 모든 것이 자신의 계획대로 흘러갔다는 것에 감탄했다. 방을 나서 복도 끝에 다다른 문을 열고 나간 뒤 거대한 성문까지 통하는 길을 걸었다. 분수대의 흰 대리석이 물을 머금고 하얀빛을 뿜어내고 있었고 푸르른 잔디가 정원에 자리하고 있었다. 정원을 가로질러 성문까지 가는 길의 양옆에는 가로수 대신 마네킹이 나열되어 있었는데 마네킹은 국왕이 그동안 입었던 거추장스러운 의복들을 걸치고 있었다.

마네킹은 죽은 인간의 상체였다. 임금의 탈의실에 있던 마네킹과 마찬가지로 팔다리가 없고 상체만 박제된 채 꼬챙이에 꿰어 국왕의 옷을 걸치고 있었다. 방부처리가 안 되는 눈알과 혓바닥은 뽑혀서 없었고 그 자리는 차가운 공기만이 을씨년스럽게 통하고 있었다. 가장 앞자리에는 임금에게 처음 알몸을 외쳤던 신하가 있었다. 신하는 제대로 방부처리가 되지 않아 미라 같이 삐쩍 말랐다. 그다음에는 임금이 처음 거리를 나섰을 때 알몸이라 놀렸던 소년이 있었다. 몸집이 작은 소년은 꼬챙이가 몸을 관통하여 목을 꿰뚫고 입으로 나와 있었다. 그다음은 임금에게 억울함을 호소했던 소년의 어머니가 있었고 다음은 임금을 보고 웃었던 상인이 있었다. 다음에는 외국에 파견되었던 외교관이 임금의 소식을 듣지 못한 채 궁전에 도착하여 알몸을 보고 놀랐다가 팔다리가 잘려 꼬챙이에 꿰였다. 그다음에도, 그다음에도 인간 상체가 각양각색의 이유로 꼬챙이에 꿰어 임금의 의복을 입고 있었다.

성문을 열고 나서자 수만 명의 알몸이 환호성을 질렀다. 임금님이 이 땅에 강림하셨다. 임금님, 실로 천상의 왕이시옵니다. 임금님의 후광이 모든 사람에게 비추옵니다. 임금님, 사랑합니다. 임금님의 영광이여, 영원하여라.

수십, 수천, 수만의 찬사가 떠올랐다가 파묻혔다. 온 나라에는 새 재단사가 짜는 실로 만든 옷이 대유행이었다. 사람들은 투명한 옷을 입으며 뽐냈고 점점 알몸을 남에게 보이는 것이 부끄럽지 않게 되었다. 나아가 알몸을 남에게 보이는 쾌락에 빠진 사람들도 있었다. 사람들은 군중에 파묻혀 서로 알몸을 비벼댔고 온 군중이 쾌락의 도가니로 울부짖었다. 그 중심에 있는 임금은 지붕 없는 커다란 의전용 마차에 올라 두 팔을 벌리고 있었다. 백성에게 알몸의 모습을 보일 때마다 온몸에 전기와도 같은 쾌감이 흘렀다. 임금은 자신의 양물을 한껏 부풀렸다. 팽팽한 양물은 의전용 마차에 가려져 있었고 상체만 대중에게 보였다. 더 큰 만족감을 느끼고자 임금은 마차 지지대 위로 올라섰고 자신의 부풀어 오른 양물을 국민에게 거리낌 없이 보여주었다. 임금은 마차 위에 올라서서 두 다리를 벌리고 쾌락에 찬 표정을 지었다.

그때 신하 한 명이 마차에 뛰어 올라 임금에게 다급하게 보고했다.

"전하, 이웃 나라가 쳐들어왔습니다! 그들이 왕국을 차지하겠다고 선포를 했습니다!"

"뭐라고? 당장 군대를 끌고 나가 방어하라!"

왕국은 무너지는 데 채 3일이 걸리지 않았다. 임금의 군대는 갑옷을 걸치지 않아 이웃 나라 군대의 화살 비에 속수무책이었고 하루하루가 지날 때마다 화살꽂이가 된 시체들이 쌓여갔다. 마침내 이웃 나라 장군이 성문을 부수고 왕좌 앞으로 걸어갈 때 임금은 공포에 질려 무거운 왕관과 홀을 떨어뜨리는 것도 모르고 왕좌 뒤로 체통 없이 숨었다. 이웃 나라 장군의 부하들은 임금을 찾아내 끌어내렸고 장군은 왕좌에 앉은 채 임금을 내려다보았다. 실오라기 하나도 걸치지 않은 채 머리를 조아리는 임금은 장군의 눈에 시장 잡상인보다도 못한 존재였다.

"뭘 하느냐? 당장 이 짐승을 처형하라!"

임금은 이 말에 참지 못하고 화를 냈다.

"어찌 그런 야만스러움을 보이느냐?. 나는 패배했으나 일국의 왕이고 너는 승전했으나 예를 아는 나라의 장군이 아니더냐. 승자가 패자의 국왕에게 보여야 할 예법이 있지 않으냐?"

장군은 콧방귀를 뀌며 대꾸했다.

"국왕? 이 나라에 예법을 보여야 할 국왕이 어딨느냐? 예법이란 본디 옷 위에 걸치는 것이다. 옷이 있어야 위엄이 있고 예법이 있으며 권력이 나오는 것이다. 너 자신을 보아라. 피둥피둥 허연 살집을 드러낸 게 푸줏간의 돼지만도 못하구나. 내 보니 이 나라 임금의 옷은 성문 길에 세워진 시체들이 입고 있더구나. 그 시체들이 임금의 옷을 입고 있으니 해야 할 예법은 그것들에게 갖춰야 하지 않겠느냐? 당장 이자를 처형하여 그렇게도 좋아하는 알몸으로 거리에 전시하라."

임금은 울부짖으며 자비를 빌었으나 돌아온 것은 칼날뿐이었다. 병사들이 휘두르는 거대한 칼에 오른쪽 다리가 피를 뿜으며 잘려나갔고 임금은 휘청거리며 넘어졌다. 세 번의 칼날이 다시 번쩍였고 임금의 남은 팔다리가 모두 잘려나갔다. 병사 하나가 단도를 꺼내더니 그때까지도 돼지처럼 울부짖던 임금의 혀를 잘라냈고 이어서 두 눈알도 뽑아 버렸다. 커다란 창을 든 병사가 창을 임금의 항문으로 꽂아 넣었다. 골반이 부서지는 고통과 내장이 찔리는 충격에 피거품을 뱉던 임금은 마침내 숨을 거두었다. 임금은 그 상태로 거리에 꽂혔다. 축 처진 양물만이 희열에 차 군중 앞에 나섰을 때와 지금의 상반된 기분을 보여줄 뿐이었다.

빨간 모자

톰의 눈에 빨간 모자는 마을에서 가장 예쁜 여자아이였다.
아니, 세상에서 제일 예쁘지 않을까? 용기가 없어 직접 말을 걸
지 못하고 몰래 지켜만 봤지만, 빨간 모자는 볼 때마다 감탄을
자아내는 미모를 지니고 있었다. 작은 얼굴에 오밀조밀 뚜렷한
이목구비, 거기서 빨간 입술은 항상 눈길을 사로잡았다.

  '앵두같이 새빨갛고 도톰한 저 입술에 입을 맞추면 얼마나
좋을까? 오뚝하게 솟은 코를 부드럽게 스치고 동그랗고 초롱초
롱한 눈을 마주치면 그보다 더한 행복이 없겠지. 그러고 나서
선홍빛으로 물든 뺨을 보는 거야. 정말이지 사랑스러울 거야.'

  톰은 빨간 모자를 볼 때마다 항상 그녀와 사랑을 나누는 상
상을 하곤 했다. 톰의 상상에서 그의 시선이 어여쁜 얼굴을 지
나 아래로 내려가면 봉긋하게 솟아있는 가슴, 한 손에 쥘 수 있

을 것 같이 쏙 들어간 허리, 매끈하게 쭉 뻗은 다리가 보였다. 빨간 망토 속에 숨은 그녀의 부드러움과 탄력을 느끼고 싶었다. 그 아래의 계곡까지도….

그런 톰이 빨간 모자를 보며 화가 나는 순간도 있었다. 빨간 모자가 숲 건너 할머니 집에 갈 때가 바로 그 순간이었다. 빨간 모자는 숲을 지날 때 늑대가 나타날지 모른다며 꼭 남자를 대동했다. 하지만 아직 톰에게는 같이 가달라고 말을 한 적이 없었다.

'다른 놈들은 절대 믿을 수 없어. 나만이 빨간 모자를 지킬 수 있다고! 그 자격은 나만 가지고 있어.'

여전히 빨간 모자에게 말을 걸 용기는 없지만, 톰의 망상은 날이 갈수록 과격해져 갔다. 그는 자신과 빨간 모자가 사랑을 나누는 상상을 하는 만큼 다른 남자가 빨간 모자를 강제로 범하는 것도 상상했다. 그리고 그 망상은 점점 사실처럼 느껴졌다. 숲에 단둘이 있는 남녀, 늑대가 무서워 남자에게 꼭 기대는 빨간 모자, 마을 남자라면 모두가 좋아하는 그녀, 어쩌면 세상에서 가장 예쁜 그녀. 이런 상황에서 가만히 있을 남자는 없으리라. 남자는 빨간 모자의 미모에 정신을 놓고 그녀를 정신없이 탐하겠지. 새빨간 입술을 핥고 빨간 망토를 벗겨 그녀의 탐스러운 금발을 쥐고 잔뜩 흥분한 양물을 그녀의 작고 어여쁜 입에, 그리고 그녀의 사타구니에 쑤셔 박겠지. 빨간 모자의 교성이 울려 퍼져도 숲 밖에선 들리지도 않을 거야.

톰은 걷잡을 수 없는 분노를 느꼈다. 그녀의 처음과 마지막
은 자신이어야 하는데, 마을 남자들이 모두 망쳐버렸어! 천벌
을 받아 마땅한 놈들. 어쩌면 숲에 갔던 마을 남자들이 다시 보
이지 않는 것은 빨간 모자를 또 탐하기 위해 숨어있는 건지도
몰라. 그러다 늑대에 잡아먹히라지. 아니, 이미 천벌을 받았을
테지. 톰은 그 남자들을 유혹한 빨간 모자도 벌을 받아야 한다
고 생각했다. 이런 망상이 끝없이 펼쳐졌던 어느 날, 그는 자신
이 빨간 모자의 마지막 남자가 될 것이라 굳게 결심하며 집을
나서는 빨간 모자 앞에 섰다.

"어머, 톰. 무슨 일이니?"

화들짝 놀란 빨간 모자가 톰에게 말을 걸었다. 톰은 빨간 모
자가 자신을 알아봤다는 것에 감격해 표정을 풀고 말했다.

"내 이름을 알고 있었어?"

"당연히 알고 있었지. 같이 가주려고?"

빨간 모자가 활짝 웃으며 톰의 팔을 감싸 안았다. 빨간 모자
의 갑작스러운 팔짱에 톰은 온몸에 전기가 통하는 듯했다. 심
장이 앞으로 달려나가고 사타구니로 피가 몰리는 듯했다. 의기
양양해진 톰은 듬직한 남자로 보이기 위해 어깨를 펴고 당당하
게 걷기 시작했다. 이제 빨간 모자는 자신의 것이었다.

숲은 깊어질수록 어두웠다. 잎이 넓은 나무들이 햇빛을 가렸고, 그 그늘에 날짐승들이 숨어 움직이는 소리가 종종 들렸다. 어디서 늑대가 나와도 이상하지 않을 것 같았다. 이런 길을 다른 남자와도 걸었다니. 톰은 다시금 분노에 휩싸이며 빨간 모자에게 말했다.

"항상 이 길을 지나니?"

"그러엄. 공기가 정말 상쾌하지 않아?"

빨간 모자는 콧노래를 부르며 앞서 걸었다. 톰은 더는 참을 수 없었다. 다른 남자들을 거쳐 간 빨간 모자를 자신은 한 번도 경험해보지 못했다니. 톰의 인내심은 곧 바닥이 났고, 그는 거칠게 빨간 모자를 잡아챘다.

"토… 톰, 왜 그래?"

겁을 먹고 자신을 보는 빨간 모자의 눈은 왠지 모를 정복감을 느끼게 했다. 저열한 쾌락이 톰의 마음속 깊은 곳에서 올라왔다. 하복부에 피가 몰리는 것을 느끼며 빨간 모자가 두르고 있는 망토를 거칠게 벗겨냈다. 제대로 저항도 못 하고 바르르 떨고 있는 모습을 보니 톰은 기분이 더욱 좋아졌다. 상상만 해왔던 것을 그대로 펼칠 생각을 하니 점점 더 흥분되기 시작했다. 더 이상 빨간 모자를 쓰지 않고 흰 원피스만 남은 빨간 모자는 어떻게든 도망치려, 톰에게서 멀어지려 했다. 톰은 서두르지 않고 천천히 빨간 모자에게 다가갔다.

"네 잘못이야. 다른 놈들에게 헤프게 몸을 굴려 먹은 네 잘못이라고!"

"톰, 대체 무슨 소리야! 정신 차려!"

알 수 없는 톰의 말에 빨간 모자는 비명처럼 소리를 질렀다. 그를 자극하고 싶지는 않지만, 전혀 이해하지 못할 말에 답답해지기 시작했다.

"나만이 널 위해줄 수 있어. 오로지 나만이 널 진정으로 사랑한다고!"

"…!"

톰이 소리치며 내뱉은 말에 빨간 모자는 아무 말도 할 수 없었다. 그건 오해라고, 진정한 사랑이 아니라고 말하고 싶기도 했고, 갑자기 왜 이러는지 묻고 싶기도 했지만 대체 뭘 어디서부터 이야기해야 할지 알 수 없었다. 그저 겁에 질려 필사적으로 도망치려 했지만 다리에 힘이 풀려 움직일 수 없었다. 톰은 탐욕에 번들거리는 눈으로 빨간 모자의 옷을 벗기려 했지만, 온 힘을 다해 저항하는 빨간 모자 때문에 그저 손에 잡히는 대로 옷을 찢기만 할 뿐이었다.

"가만히 좀 있어! 내가 사랑해준다니까. 넌 그냥 내 사랑을 받기만 하면 돼!"

"까아악! 제발 살려주세요!"

비명을 질러대는 빨간 모자의 입을 거칠게 막고 옷을 전부 찢으려는 찰나, 톰은 머리에 강렬한 충격을 받고 사지에 힘이 빠지는 것을 느끼며 쓰러졌다. 흐려져 가는 눈에 억지로 힘을 주며 빨간 모자를 찾던 톰은 빨간 모자가 자신에게서 벗어나는 모습을 눈에 담을 수밖에 없었다. 어떻게든 빨간 모자를 잡으려 손을 뻗어봤으나, 온몸에 힘이 빠져 버둥거리는 것이 전부였다. 그런 톰의 눈에 빨간 모자가 비웃는 모습이 들어왔다.

"하여튼 사내놈들이란, 겁먹은 척 좀 해주니 좋냐?"

톰은 믿기 힘든 말을 들었다. 빨간 모자가 일부러 그런 것이란 말인가?

"뭘 배신당한 것처럼 충격받은 얼굴이야? 나하고 그동안 뭔 사이라도 됐던 것처럼?"

빨간 모자는 자신을 놀란 얼굴로 쳐다보는 톰을 향해 비죽거렸다.

"이 마을 남자들은 다 늑대만도 못한 짐승들뿐이네. 어떻게 단둘이 있기만 하면 덮치려고 하는 거지?"

톰의 뒤통수를 친 것은 빨간 모자를 구하러 온 할머니와 동네 아주머니들이었다. 그녀들은 빨간 모자가 숲에 들어올 때마다 위험에 처했기 때문에, 빨간 모자가 오는 날이 되면 항상 마중을 나왔다. 빨간 모자는 믿을 만한 남자를 찾기 위해 계속해서 남자들을 숲으로 데리고 왔고, 빨간 모자를 강간하려 할 때마다 할머니와 동네 아주머니들은 가차 없이 그 남자를 처단했다. 빨간 모자는 할머니가 쥐고 있던 몽둥이를 손에 들고, 톰의 머리를 반복적으로 내려치며 우울한 목소리로 중얼거렸다.

"어디 진짜 괜찮은 남자 없나?"

할머니와 아주머니들은 그 말을 듣고 빨간 모자를 위로했다.

"그런 남자 있으면 내가 먼저 채갔다. 그냥 얼굴 반반한 놈 있으면 재미나 가끔 보렴."

빨간 모자는 그들과 수다를 떨며 숲을 벗어났다. 숲에는 고깃덩어리처럼 뭉개진 톰의 시체만 남겨져 있었다. 사람들이 모두 사라지자, 늑대들이 어슬렁어슬렁 다가와 뭉개진 고깃덩어리를 모두 먹어치웠다.

노간주나무

서로 깊이 사랑하는 부부가 있었다. 그들은 간절히 자식이
생기길 바랐다. 자식만 생긴다면 사랑으로 기를 자신이 있었다.
하지만 자식은 찾아오지 않았다. 아내는 낮이고 밤이고 자식을
낳게 해달라고 기도했다. 그러나 효험이 있다는 약초를 먹어보
아도, 자식을 일곱이나 낳은 아낙의 속옷을 빌려 입어 보아도
자식은 여전히 생기지 않았다. 아이 없는 햇수가 더해질수록
일가친척들은 부부 사랑에 의심의 말을 꺼내기 시작했고, 시어
머니도 매일 같이 성화를 부렸다.

　그 어떤 명의를 찾아가 보아도 아이가 안 생기는 이유를 알
아내지 못했다. 둘은 건강상 문제가 전혀 없으며 충분히 임신
할 수 있다는 대답만 돌아올 뿐이었다. 시간이 지나며 남편은
아이 문제만 생각하면 스트레스가 차올랐고 차츰 분노로 바뀌

었다. 그리고 언젠가부터 매일 밤 기도드리는 아내의 모습을
외면했고 점차 신경질적으로 변하여 잠자리를 원하는 아내에
게 손찌검까지 했다.

그러던 어느 눈 내린 겨울날이었다. 낙심한 채로 노간주나무
밑에서 사과를 깎고 있던 아내는 그만 칼에 손가락을 베이고
말았다. 피가 눈 위에 뚝뚝 떨어지자, 아내는 탄식했다. 눈 위에
피 한 방울이 떨어진 풍경에서도 그녀는 생겨나지 않는 자식을
떠올렸다. 새빨간 피가 눈에 천천히 스며드는 것을 지켜보며
아내는 눈물을 흘렸다.

"피처럼 빨갛고 눈처럼 하얀 아기가 있다면 얼마나 좋을까."

울다 지친 아내는 노간주나무 밑에서 잠이 들었다. 그러자
노간주나무의 옹이구멍이 마치 입을 벌리듯 크게 벌어졌다. 그
곳에서 악마 한 마리가 나오더니 조심스럽게 잠든 아내 곁으로
갔다.

"가질 수 없는 것을 끝없이 탐할 때는 신이 아니라 악마가 속
삭이지."

악마는 아내의 소원을 들어주기로 하였다. 그녀에게 깨어나
지 않을 꿈을 꾸게 한 뒤 치맛단을 올렸다. 악마의 사타구니에
서 아내의 팔뚝만 한 성기가 자라났다. 그 성기의 모습은 빳빳
하고 곧게 세워져 있었으나 피부 아래 지렁이가 휘감은 듯 뒤
틀려 보였다. 악마는 날카로운 종유석 같은 이빨을 드러내며

자신의 성기만큼 긴 혀를 내밀었다. 아내의 얼굴을 한번 핥고 목덜미를 가볍게 졸랐다. 그러고는 옷 안으로 집어넣어 혀만으로 온몸을 주물럭거렸다. 깊은 애무에도 아내는 깨어날 기세는 없었고 오히려 좋은 꿈을 꾸는 듯 얼굴이 상기되고 미소가 흘렀다. 악마는 아내의 속옷을 잡아당겨 음부를 드러낸 뒤 그 커다란 양물을 집어넣었다. 순간적으로 커다란 성기가 들어오자 아내가 짧은 숨을 들이켰다. 양물이 천천히 아내의 속으로 들어오자 질식하듯 숨을 멈추었고 음부 속 끝을 건드리자 들이켰던 숨을 폭발하듯이 내쉬면서 신음을 내었다. 그때부터 악마는 자비 없이 아내의 속을 헤집었다. 아내는 온몸에 땀을 흘리며 노간주나무 뿌리줄기를 움켜쥐었다. 하지만 그 어떤 쾌감에도 아내는 깨지 않았고 노간주나무 열매를 배 터질 때까지 먹는 꿈을 꾸는 듯했다. 마침내 악마는 사정하였고 그와 동시에 세상 밖으로 나왔던 노간주나무의 옹이구멍 속으로 빨려 들어가듯 사라졌다.

아내의 배가 순식간에 불러왔다. 아내는 배부름을 견딜 수 없자 잠에서 깼고 갑자기 만삭이 된 뱃속에는 태동이 느껴졌다. 아내는 황급히 집으로 달려갔다.

"달콤한 향에 못 이겨 노간주나무 열매를 잔뜩 따먹고는 잠이 들었는데, 배가 불러있지 뭐예요! 드디어 우리에게도 자식이 생기나 봐요."

그러나 남편의 표정은 좋지 않았다. 그는 고개를 돌리더니 말했다.

"하지만 그게 '우리' 아이는 아니지."

남편은 생각했다. 저 아이는 노간주나무와 아내의 자식이지 자신의 자식이 아니라고. 말하지 않아도 드러나는 남편의 의중을 눈치챈 아내는 조용히 자리를 피했다. 배를 쓰다듬으며 아내는 뱃속 아기에게 중얼거렸다.

"아가, 너는 누가 뭐래도 내 아이야."

임신한 후로 아내와 남편의 사이는 확연히 더 멀어졌다. 아내는 남편과 다른 시간에 밥을 먹었고, 남편은 아내를 피해 다른 곳에서 잠을 잤다. 무엇보다도 남편은 만삭 아내의 뱃속에 마치 수백 마리의 지네가 기어 다니는 듯한 사악함이 느껴져 두려웠다.

얼마 지나지 않아 아내의 진통이 시작되고 아내는 눈처럼 희고 피처럼 빨간 사내아이를 낳았다. 남편은 그 아이를 받을 때 검은색 후광이 피어오르는 듯한 악마적인 기운을 느꼈다. 남편과는 전혀 닮지 않은 것은 물론이고 아내도 닮지 않았다. 아이는 지나칠 정도로 아름다웠다. 출산 후 아내는 아이에게 자신의 모든 기운을 빼앗긴 듯, 앙상해져 있었다. 아내가 남편에게 말했다.

"내가 죽으면 노간주나무 밑에 묻어줘요."

아내는 곧 숨을 거두었다. 남편은 아내가 사그라드는 것을 보며 자신이 아내를 얼마나 사랑했는지 깨달았다. 남편은 아내를 첫 여자로 만나 사랑했으며 막 신혼이 되었을 때 평생을 사랑할 것을 맹세했었다. 그 기억을 끄집어내며 자신이 얼마나 후회스러운 나날을 보냈는지 깨달았다. 남편은 노간주나무 밑에 아내를 묻고 나서 땅을 치며 통곡했다. 다시 아내를 만날 수만 있다면 아이를 바라지 않고 둘이서 평생 살리라. 아내를 생각하며 눈물을 흘리다 쓰러진 남편은 꿈을 꾸었다. 집으로 돌아가니 식탁에 아내가 앉아 있는 꿈이었다.

"어서 오세요, 여보."

남편은 달려가 아내를 꽉 껴안았다. 다시는 헤어지지 않으리라 생각한 순간 잠에서 깼다. 꿈이라기엔 지나치게 생생했다. 아내를 만진 감촉이 손에 남아있는 것만 같았다. 혼란을 그대로 간직한 채 집으로 돌아온 남편은 자신의 눈을 의심할 수밖에 없었다. 집에 불이 켜져 있는 것이 아닌가. 남편은 서둘러 집으로 달려가 벌컥 문을 열어젖혔다.

"어서 오세요, 여보."

집 안에는 아내와 똑 닮은 여자가 저녁식사를 준비하고 있었다. 남편은 달려가 그 여자를 꽉 껴안으며 눈물을 흘렸다. 꿈이 아니었다. 정말 아내가 돌아온 것이었다. 남편은 여자가 차려준 밥을 먹고, 여자와 같은 침대에 누우며 이번에야말로 이 여자와 단둘이 평생을 함께하리라 다짐했다. 옆에 누운 여자에게서 옅은 노간주나무 냄새를 맡으며 남편은 깊은 잠에 빠져들었다.

남편과 여자는 다시 금실 좋은 부부가 되어 살기 시작했다. 남편은 시간이 흐르면서 점점 기운을 되찾았다. 그러면서 아내가 남기고 간 사내아이가 눈에 거슬리기 시작했다. 눈처럼 희고 피처럼 새빨간 아이가 자신을 들여다보고 있을 때면 왠지 모를 소름이 돋아 내치기 일쑤였다. 여자도 마찬가지로 아이를 냉대했다. 남편과 여자는 자신의 자식도 아닌데 기르고 있다는 생각에 아이에게 자주 화를 냈다. 전 아내와는 아이를 가지는 데 실패했지만, 아내와 똑 닮은 이 여자라면 자신의 아이를 가질 수 있을지도 몰랐다. 그래서 처음의 다짐을 어기고 남편은 아이를 가지려 시도했고 곧 여자는 딸을 낳았다.

나의 자식, 절대로 일어나지 않을 일이라 생각했던 자식이 생기자 남편은 신께 감사했다. 딸아이는 자신과 무척 닮은 것 같았다. 수수하지만 마음씨 고운 소녀로 자라는 딸아이를 볼 때면 여자는 지극한 사랑이 샘솟는 걸 느낄 수 있었다.

하지만 여전히 그 집에는 사내아이가 있었다. 여자는 사내아이를 볼 때면 온몸에 벌레가 기어가는 듯한 기분이 들었다. 사내아이가 놀던 풀밭은 바싹 말라비틀어졌고 사내아이가 내민 모이를 쪼러 날아든 새들은 땅에 떨어져 죽었다. 유일하게 말을 걸고 노는 사람은 딸아이뿐이었다. 딸아이는 누구에게나 친절하듯 사내아이에게도 친절했다. 하지만 그 모습을 보며 여자는 마음이 점점 초조해져만 갔다. 이 사악한 것이 집에 있는 것을 보고 싶지도 않았고 딸아이와 어울리는 것도 불안했으며 무엇보다 재산을 온전히 딸아이에게만 물려주기를 원했다. 전 부인에게서 태어난 아들이 그것을 조금이라도 가로챈다면, 여자는 견딜 수 없을 것 같았다. 여자는 사내아이에게 점점 잔인해졌다. 이 구석에서 저 구석으로 쉽게 떠밀었고, 손에 집히는 모든 것을 이용해 아이를 후려갈겼다. 하지만 사내아이는 소름끼치는 무표정으로 아내를 바라보기만 했다.

어느 날, 여자가 2층 방으로 올라가자 딸아이가 쪼르르 뒤따라왔다.

"사과가 먹고 싶어요. 사과 한 개만 주세요."

"그래, 내 귀여운 것."

여자는 크고 단단한 자물쇠가 달린 궤짝에서 먹음직스러운 사과를 하나 꺼내주었다. 사과를 받고 기뻐한 딸아이가 여자에게 물었다.

"오빠에게도 주면 안 돼요?"

딸아이는 오빠가 늘 적게 먹으며 많이 맞는 것이 안쓰러웠다. 여자는 딸아이의 말을 듣고 표정이 굳었다. 사내아이만 생각하면 속이 부글부글 끓었다. 하지만 겨우 참으며 말했다.

"그래, 오빠가 학교에서 돌아오는 대로 주마."

"저기 오빠가 돌아오고 있어요!"

창밖을 내다보니 사내아이가 집을 향해 걸어오고 있는 것이 보였다. 그때 여자는 악마에라도 홀린 것처럼 딸에게서 사과를 빼앗아 다시 궤짝에 던져넣고 뚜껑을 닫아버렸다.

"오빠가 보면 안 된다."

사내아이가 문을 열고 들어오자 여자는 그를 2층으로 불러 올렸다.

"얘야, 사과 먹으련?"

여자가 처음으로 아이에게 무언가를 권하는 순간이었다. 사내아이는 엄마의 차가운 얼굴을 보고도 자신에게 주려고 하는 것을 받고 싶었다.

"네, 먹고 싶어요. 사과 하나만 주세요."

사내아이가 말하자 여자가 궤짝을 가리켰다.

"이리 와서 네가 직접 사과를 꺼내렴."

여자는 사내아이가 사과를 집으려 고개를 숙이는 순간 무거운 궤짝 뚜껑으로 목을 내리쳐 머리를 잘라낼 생각이었다. 하지만 사내아이는 쉽게 뚜껑을 열지 못했다.

"너무 무거워서 상자를 열지 못하겠어요."

여자는 대신 뚜껑을 열어 밀칠 생각을 하고 사과 상자 앞으로 갔다. 그런데 뚜껑을 여는 순간 사내아이가 여자를 밀쳤다. 여자는 앞으로 고꾸라졌고 사과 상자에 머리가 들어간 찰나 뚜껑을 닫아버렸다. 여자는 질식하며 목에 압박을 느꼈지만 잘리지는 않았다. 여자가 빠져나오려 하자 사내아이는 상자 위로 올라탔다. 그러고는 상자 뒤에 있던 톱을 꺼냈다. 여자가 필사적으로 상자 뚜껑을 부여잡자 사내아이는 여자의 어깨서부터 팔을 톱질했다. 왼팔이 떨어지며 피가 분수처럼 쏟아져 나왔다. 그때 여자의 비명을 듣고 딸아이가 방으로 들어왔다.

"엄마? 엄마."

여자를 부르며 다가가려던 딸아이를 사내아이가 붙잡아 넘어뜨렸다.

"엄마!"

딸아이가 여자를 크게 불렀지만, 한쪽 팔만 있는 데다 팔이 잘린 고통에 뚜껑을 들 수 없던 여자는 꼼짝없이 사과 상자에 끼어있었다. 사내아이는 바닥에 눕힌 딸아이를 겁탈하기 시작했다. 웃옷이 찢기고 속옷이 내려가도 여자는 딸아이를 도우러 갈 수 없었다. 사내아이의 몸은 희고 아름다웠으나 성기만은 흉측하게 크고 피부 아래 지렁이가 휘감은 듯 뒤틀려 있었다. 사내아이는 딸을 겁탈하면서 팔을 신발 끈으로 묶었다. 한참 동안 허리를 흔들어 대던 사내아이는 사정도 하지 않은 채

지쳐 쓰러진 딸아이를 두고 일어났다. 여자는 사내아이에게 욕설과 저주를 쏟아내었다. 사내아이는 톱을 들어 딸아이의 목을 잘라냈다. 딸이 죽어가는 소리에 여자는 비명을 질러댔다. 사내아이는 다시 톱을 여자의 목에 대었고 여자의 비명은 머리와 함께 사과 상자 안으로 떨어졌다.

사내아이는 여자와·딸의 몸통을 부부의 침대 속으로 숨겼다. 여자의 팔뚝과 딸의 팔뚝은 부엌으로 가져갔다. 팔뚝들을 한입 크기로 작게 잘라 스튜 속으로 집어넣었다.

남편은 그날 저녁이 되자 집으로 돌아왔다. 남편은 고기 스튜 냄새를 맡고 부엌으로 향했으나 아내는 없었고 쪽지 하나만 발견되었다.

'시골 외할아버지댁에 딸이랑 다녀올게요. 저녁은 끓여놓은 스튜를 드세요.'

남편은 스튜에서 큼지막한 고깃덩이들을 퍼 올렸다.

"예고도 없이 급하게 거기에 가다니. 당신답지 않은걸."

남편은 뼈에 붙은 살점까지 남김없이 발라 먹으며 식사를 끝냈다. 뼈는 식탁 밑에 아무렇게나 버려졌다. 하지만 남편은 뼈들이 절반은 두껍고 절반은 얇다는 것을 발견하지 못했다. 남편이 씻으러 욕실에 들어가자 숨어있던 사내아이가 나왔다. 사내아이는 식탁에 놓인 뼈들을 모두 모아 노간주나무 앞에 뿌렸다. 그러자 노간주나무의 옹이구멍이 입을 벌리고 팔 하나가

튀어나와 뼈들을 모두 집어갔다. 그리고 옹이구멍에서 말소리가 나왔다.

"마지막 마무리를 하여라, 아들아."

밤이 깊어지자 남편은 잠을 청하러 방으로 들어갔다. 눕기위해 이불을 들치자 목과 팔이 잘린 여자의 몸뚱어리와 딸아이의 분리된 머리와 몸이 나타났다. 남편이 외마디 비명을 지르는 순간 등 뒤에서 사내아이가 나타났다. 남편은 램프를 들고있는 사내아이에게서 악마의 기운을 느꼈다.

"네놈이냐?"

사내아이는 희미하게 미소를 짓고는 기름이 가득 든 램프를카펫에 던져버렸다. 불은 순식간에 번졌고 남편이 갑자기 일어나는 불에 얼굴을 감싸는 순간 사내아이는 방을 나와 문을 걸어 잠가버렸다. 남편은 불을 피해 문 앞으로 갔으나 단단히 잠긴 문은 열리지 않았다. 창문 앞으로 뛰어가 커튼을 젖혔지만창문은 나무토막들과 함께 못질 되어있었다. 꼼짝없이 방에 갇힌 남편은 온 사방을 발로 걷어차고 몸부림쳤지만 탈출하지 못하고 불길에 삼켜졌다. 남편은 창문의 나무토막 틈새 사이로노간주나무 아래에 있는 사내아이를 보았다. 사내아이는 새처럼 아름다운 목소리로 노래를 부르기 시작했다.

"우리 엄마는 나를 죽이려 했고
누이동생은 내게 먹혔네.
우리 아빠는 모녀를 맛있게 먹었고
나는 그 뼈를 추슬러 노간주나무 아래 두었네.
내 진짜 아빠가 너의 영혼을 잡아먹으러 온다네."

남편은 분노에 차서 창문을 두들겼다. 그때 섬뜩한 기분에 남편은 뒤를 돌아보았다. 침대에서 여자와 딸아이를 삼키는 불길이 마치 악마가 추는 춤 같기도 하고 노간주나무가 흔들리는 모습 같기도 했다.

사내아이는 노간주나무 아래 서서 한 장의 가족사진을 꺼내 보았다. 분명히 이 집의 가족사진이었지만 사내아이는 없었다. 여자의 모습은 어디를 보아도 전 아내와 닮은 점이 없었고 딸아이는 남편의 모습을 단 한 개도 이어받지 않았다. 그리고 여자의 바람과 달리 이 집의 유산은 모두 사내아이의 것이었다. 사내아이가 속삭였다.

"가질 수 없는 것을 끝없이 탐할 때는 신이 아니라 악마가 속삭이지."

공주와 완두콩

청년은 으리으리한 성을 둘러보았다. 이 성이 자신의 것이라
니 믿어지지 않았다. 백수건달이었던 청년이 벼락부자가 된 후
가장 먼저 한 일은 이 성을 사는 것이었다. 어느 망한 왕국의 성
이라고 하더니, 주인이 된 청년이 왕처럼 느껴질 정도로 거대
한 성이었다. 성을 마련한 청년은 이제 결혼이 하고 싶어졌다.
돈 많겠다, 나이 젊겠다, 결혼을 못 할 이유가 없었다. 청년은
이왕 할 결혼이라면 공주와 하고 싶다고 생각했다. 청년은 각
나라에 소문을 흘렸다. 한 나라의 성을 가진 부자 청년이 결혼
할 공주를 찾고 있다는 소문이었다.

"나와 결혼하길 원하는 공주는 내 성으로 오시오. 반드시 공
주여야 하오."

여러 나라에서 공주라고 주장하는 처녀들이 몰려들기 시작

했다. 청년의 성은 매일 인산인해를 이루었다. 청년은 수많은 처녀 중에서 진짜 공주를 골라내고 싶었다. 아무리 아름다워도 신분이 천하다면 거들떠보지도 않을 생각이었다. 반대로 아무리 못나도 진짜 공주라면 기꺼이 결혼할 마음이 되어있었다. 이 수많은 처녀 중에서 진짜 공주를 어떻게 골라내야 할까? 고민하던 청년은 묘책을 생각해 냈다.

바로 두껍게 깐 이부자리 밑에 완두콩 하나를 숨겨두는 것이었다. 진짜 공주라면 등이 배겨서 잠들지 못할 것이고, 공주가 아니라면 단잠을 자고 일어날 것이 분명했다. 청년의 예상은 적중했다.

"공주를 가려내는 시험이 내일 치러질 것이오. 이부자리를 준비했으니 편히 주무시오."

처녀들은 그 말을 곧이곧대로 믿고, 완두콩을 밑에 둔 이부자리 위에서 단잠을 잤다. 모든 처녀가 곯아떨어진 것을 확인한 청년은 절레절레 고개를 저었다.

"진짜 공주는 아무도 없군."

다음 날 청년은 모든 처녀를 쫓아내고 성문을 닫았다. 청년은 근심에 빠졌다. 공주와 결혼하는 것이 이토록 어렵단 말인가? 으리으리한 성에서 혼자 잠드는 나날이 계속되었다. 청년은 외로웠다.

그러던 어느 날 비바람 치는 밤이었다. 한밤중에 성문을 두드리는 소리가 들려 나가보니 깊은 후드를 눌러쓰고 갈색 말 위에 올라탄 누군가가 문이 열리기를 기다리고 있었다.

"여기는 무슨 일로 오셨소?"

"사정이 있어 쫓기고 있소. 하룻밤만 재워준다면 그 은혜를 잊지 않으리다."

후드를 쓰고 허리에 검을 찬 채였기에 처음에는 남자인지 여자인지 알 수 없었으나, 비바람을 맞은 탓에 몸에 옷이 달라붙어 곡선을 드러냈다. 여자임이 분명했다. 청년은 그녀를 성 안으로 안내했다. 처녀들을 한참 재우던 성 안엔 수많은 이부자리가 널려 있었다. 청년은 그녀에게 여기 아무 데서나 자라고 안내하고 자신의 침실에 가 누웠다. 그런데 얼마 있지 않아 그녀가 침실의 문을 두드리는 것이 아니겠는가.

"무슨 일이오?"

"이부자리가 불편해서 잠들 수가 없소. 모든 이부자리에 다 누워봐도 등이 배기는데, 어떻게 손님을 이런 곳으로 안내할 수 있소?"

청년은 벌떡 일어나 그녀의 후드를 벗겼다. 묶어 올린 긴 생머리가 찰랑거리며 허리까지 떨어졌다. 그녀야말로 진정한 공주였다. 사정을 들어보니, 왕궁에 내란이 생겨 남장을 한 채 도망치고 있다고 했다. 청년은 그녀를 아내로 맞기로 했다. 드디어 공주와 결혼하겠다는 꿈을 이루는 순간이었다. 청년은 공주에게 가장 아름다운 드레스를 사 입히고 어느 왕족보다 성대한 결혼식을 치렀다. 결혼생활에 어떤 복병이 생길지는 전혀 예상하지 못한 채.

첫날 밤에 신부는 모든 이부자리에서 뒤척였다. 밤일에 집중할 수 없게 된 청년이 짜증을 내자 그녀는 이런 불편함을 겪어본 적이 없어서 그런데 어쩌냐며 성을 냈다. 청년은 좋은 침구를 찾기 위해 온 나라를 돌았다. 그것이 끝이 아니었다.

"여보, 돈이 아무리 많아도 일은 하셔야지요."

"아, 당연하지요. 하지만 그동안 돈 버느라 피곤했으니 한 달만 쉬고 하겠소."

청년은 그동안 열심히 일해본 적이 없었다. 부자가 된 것도 어쩌다 천운이 따라준 것이었다. 공주의 닦달을 피곤하단 핑계로 무마했지만 일할 생각은 없었다. 하지만 어려서부터 엄격한 훈육을 받은 공주는 이를 절대 용납하지 않았다.

"자고로 일하지 않는 자, 먹지도 말라고 했습니다. 일하지 않고 게으름만 피우는 남편을 가만히 두고 볼 수는 없습니다. 공주를 아내로 맞이했으면 그에 걸맞은 품격을 보여주세요."

남자는 구구절절 옳은 말에 크게 반박도 못 하고 일을 하러 나갔지만 딱히 재주가 없었다. 무슨 일을 해도 계속해서 손해를 볼 뿐이었다.

"실패로부터 배워나가면 됩니다. 너무 마음 쓰지 마시고 도전정신을 잃지만 마세요. 제가 내조를 튼튼히 할 테니, 걱정 말고 계속 도전하십시오."

마음 같아선 다 필요 없으니 제발 놀게 해달라고 하고 싶었다. 하지만 자신을 얼마나 무능하게 볼까 싶어 억지로 일거리를 찾아다녔다.

"여보, 지금 가진 것만으로도 우리 먹고살 걱정은 하지 않아도 되나, 자손들에게 물려줄 정도는 남겨야지요. 일할 때 조금만 더 신경 써서 손해 보는 일은 피하시길 바랍니다."

"부인, 노력하고 있지 않소? 잠시만 내버려 두시오. 내가 한탕 크게 벌어서 내 능력을 꼭 보여주겠소."

청년은 거듭된 실패로 쪼그라든 자존심 때문에 공수표를 남발하기 시작했다. 하지만 그냥 두고 볼 공주가 아니었다.

"한탕 같은 건 필요 없습니다. 당신의 능력은 제가 잘 알고 있습니다. 당신을 믿기 때문에 일하길 바랐던 겁니다. 그저 건실하고 착실하게 하기만 하면 됩니다."

"아, 거 참…. 알았으니 내버려 두시오."

이뿐만 아니었다. 사업 때문에 상인들과 술을 한잔 걸치고 들어가면 어김없이 냉랭한 공주의 눈길을 견뎌내야 했다. 이런 저런 요구사항을 다 맞춰줘도 까탈스럽긴 어찌나 까탈스러운지, 무엇이든 그냥 넘어가는 경우가 없었다.

"이건 전 대륙을 뒤져서 찾아낸 최고급 매트리스요! 여기서도 잠을 못 자면 대체 뭘 어쩌란 말이오? 하늘에 가서 구름이라도 따 오리까?"

"네! 차라리 구름을 따 오세요! 제가 잠도 제대로 못 자서 피부가 푸석푸석해진 것 안보입니까? 허리가 너무 아파 눈도 제대로 못 붙이는데, 그 와중에 할 건 다 하고 싶으셔서 제가 밤에 다 맞춰드리지 않았습니까? 아이만 벌써 셋입니다. 우리 만난 지 3년입니다. 3년! 제가 애 낳는 기계도 아니고! 밤마다 허리가 부러질 것 같습니다! 제가 명품 드레스를 바란 것도 아니고! 프란체스코 경의 최신 디자인 목걸이를 바란 것도 아니고! 날마다 보석을 새로 갈아 끼우는 걸 바란 것도 아니고! 그저 잠만 편하게 잘 수 있게 해달라는데 그게 그렇게 힘듭니까?"

끝나지 않는 공주의 잔소리를 들으며 청년은 여성의 위대함을 느꼈다. 대체 허리가 아프다는 사람이 몇 시간을 꼿꼿이 서서 잔소리를 퍼붓는 힘은 어디서 나오는 건지. 오히려 청년이 공주의 허리가 더 걱정돼서 안절부절못할 정도였다. 그 후 청년은 공주에게 함부로 반박하지 못하게 되었다.

몇 년이 지나 아이들이 뛰어다니기 시작하자 청년은 더더욱 정신이 없었다. 물론 하인들이 사소한 일을 해주긴 하지만, 사업에 육아에 공주의 잔소리를 피하기 위한 노력까지 몸이 열

개라도 모자랐고, 여느 부부가 그렇듯 성생활도 점점 줄어들기 시작했다. 사실 저녁마다 반복되는 불편한 이부자리, 매트리스에 대한 불평을 듣고 있노라면, 저 멀리 모든 번뇌를 물리치고 홀로 깨달음을 얻었다는 싯다르타 왕자처럼 해탈할 지경이었다. 성욕이 들불처럼 몰려왔다가도 공주가 입을 여는 순간 존재 자체가 의심스러울 정도로 깨끗하게 사라졌다.

이젠 숫제 원수에서 한 발짝 남은 사이처럼 의리로 관계를 지키고 있었다. 아이들이 커가는 모습을 보는 재미는 있었으나, 청년은 아내를 여자가 아니라 친구처럼 느끼기 시작했다. 그러던 어느 날, 드디어 공주를 만족시킬만한 침대가 도착했다.

"부인! 내가 드디어 부인을 위한 침대를 찾았소. 부인 놀래켜 주려고 내가 직접 들고 왔지."

"여보!"

침대에 한 번 누워본 공주는 드물게 정말 행복한 표정으로 청년과 침대를 번갈아 보더니 눈을 게슴츠레 뜨고는 은근히 쳐다보기 시작했다. 이를 눈치채지 못한 청년은 침대를 이고 오느라 흘렸던 땀을 닦아내며 말했다.

"이거 정말 힘들었소. 이제 밥 먹고 제대로 잠이나 잠…."

청년의 말이 끝나기도 전에 공주는 머리를 묶고 있었던 끈을 한 손으로 풀며 유혹하는 눈빛으로 청년을 강하게 쳐다봤다. 그러고는 끈적한 목소리로 말했다.

"저… 먼저 씻고 올게요."

"씻… 씻고? 부인 그게 대체 무슨 말이오?"

당황한 청년이 공주에게 물어봤지만, 공주는 이미 욕실로 달려간 후였다.

"부… 부인? 부인? 저기 나 밥… 아니 왜 씻는… 아니 그러니까… 부인?"

그날 이후로도 공주의 뜨거운 눈빛을 거절하지 못한 청년은 피골이 상접할 때까지 아내를 만족시켜줘야 했다. 엄청난 돈을 벌고 공주를 아내로 맞이한, 그런 성공한 삶을 이뤘다고 생각한 청년은 실상을 깨닫고는 허탈한 마음을 감출 길이 없었다. 지금이야 만족한다지만 또다시 어떤 일로 까다롭게 굴지 모른다고 생각하자 공주가 공포로 다가왔다. 결국 청년은 새로운 사업을 한다는 핑계로 슬며시 집을 나왔다.

"한 일 년 정도 밖에서 구르면 괜찮겠지?"

호화롭고 아늑한 성에서 나와 고생이 절로 보이는 길을 걷자니 발이 떨어지지 않았지만, 청년은 쓸쓸하게 길을 떠났다.

강도 신랑

옛날 어느 마을에 농부와 어여쁜 딸이 살고 있었다. 농부는 딸을 끔찍하게 아꼈고 그 어떤 보석보다도 귀하게 키웠다. 딸은 아름다운 숙녀로 자랐다. 그 아름다움이 아버지인 농부에게도 점점 더 크게 느껴질 정도로. 농부는 딸을 품에서 떠나보내기 싫었다. 하지만 어느덧 딸은 결혼할 나이가 되었고 아름다운 딸에게 접근하는 남자는 무수히 많았다. 농부는 그 사실 자체가 너무나도 싫었지만, 딸은 아버지의 눈빛이 순수한 부정이 아니라는 것을 느끼기 시작한 순간부터 하루라도 빨리 결혼을 해야겠다고 생각했다.

　"괜찮은 신랑감이 나타나기 전까지 결혼은 절대 안 된다."

　딸에 대한 농부의 사랑이 점점 더 변질하고 있었지만, 농부는 그 감정을 계속해서 부정했다. 그러던 어느 날 딸이 건장한 사내 한 명을 데려온 순간부터 농부는 더는 자신의 마음을 부정할 수 없었다.

"아버지, 저는 이 남자와 결혼하고 싶어요."

농부는 딸이 데려온 남자를 매서운 눈빛으로 살폈다. 어떻게든 흠을 잡아 결혼을 반대하고 싶었다. 훤칠한 키에 잘생긴 얼굴, 어떤 험한 일도 해낼 수 있을 듯한 체격을 갖췄지만 분명 하자가 있을 것이었다. 이런 허우대만 멀쩡한 놈한테 절대로 내 딸을 내줄 순 없지. 농부는 자기 생각이 얼마나 이상한지 깨닫지 못하고 남자를 뜯어보는 데 여념이 없었다.

남자는 훌륭한 신랑감이었다. 그는 농부에게 잘 보이기 위해 자신의 재력을 천박하지 않게 나타내면서도, 생각이 얼마나 깊은지, 딸과 결혼하면 어떻게 살 것인지에 대해 열변을 토했다. 남자가 적극적으로 말하면 할수록 농부는 더더욱 남자가 마음에 들지 않았다. 어떻게 하면 이 남자를 떨어뜨려 놓을지 골몰하던 농부는 문득 딸의 얼굴을 보았다. 딸은 두려워하고 있었다. 그것도 이 남자가 아닌 아버지인 농부를 보고서. 딸의 모습을 보고 충격을 받은 농부는 자신의 마음을 들키지 않기 위해 그대로 허락할 수밖에 없었다. 결국 딸은 그 남자와 결혼을 결정했다.

신부와 신랑의 결혼식이 다가왔다. 신랑은 자신의 집에서 성대한 잔치를 준비할 테니 산 너머 마을 옆에 있는 숲속 집으로 찾아오라고 말했다. 그리고 행여나 길을 잃을까 봐 자신의 집으로 오는 길에 재를 뿌려두었으니 그 재를 따라오라고 했다. 농부는 겉으로는 아무렇지 않은 척했지만, 속으로는 의심과 질투를 멈추지 않았다. 완벽한 신랑이 어쩐지 밉고 의심스러웠다. 신부를 바라보는 눈빛이 사랑이 담겨있다기보다는 음침한 눈길이라고 생각했고 신부를 직접 데려가지 않고 바람 불면 없어질 재를 따라서 오라는 것도 의심스러웠다. 불안감을 감출 수 없던 농부는 신부에게 두 가지 선물을 꼭 쥐여 주었다.

"얘야, 네가 사랑하는 남편에게 간다니 나는 축복을 빌어주마. 하지만 저 완벽한 신랑도 혹여 이상할 수 있으니 나쁜 일이 생기거든 이 수면제로 잠을 재우고 도망 나오너라. 열 명의 장정도 잠재울 약이니 음식에 타서 먹이면 된다. 그리고 이 완두콩 주머니를 가져가 신랑이 만들어놓은 잿길에 하나씩 떨어뜨리면서 가거라."

신부는 아버지의 영문 모를 불안감이 의아하고 의심쩍었지만, 아버지의 걱정을 덜어드리고자 그렇게 하겠노라고 말했다. 신부는 품속 깊이 수면 약을 품고 신랑에게 가는 잿길 위에 완두콩 한 알씩을 떨어뜨리며 갔다.

어느덧 신랑의 집에 가까워져 갔다. 하지만 점점 음침한 숲속으로 들어가기 시작하자 신부는 불안감에 휩싸이기 시작했다. 정말 이런 곳에서 목장을 하고 있나 의심이 피어올랐다. 한 걸음 한 걸음 옮길 때마다 주변이 점점 어두워져만 갔고 마침 내 숲의 가장 어두운 곳에 도착하자 오두막 한 채가 보였다. 오 두막으로 가려던 찰나 불쑥 목소리가 들려왔다.

"돌아가, 돌아가, 이 젊은 처녀야, 여긴 살인자들의 집이야."

신부가 놀라 돌아보자 아무도 없었고 죽은 나뭇가지 위에 까 마귀만 앉아 있었다. 신부는 불안한 마음에 헛것을 들었다고 생각하고는 오두막 안으로 들어갔다. 오두막 문을 열고 집에 들어서자 사람이 살지 않는 듯 천장에는 거미줄이 가득했고 집 안 곳곳에서 곰팡내가 피어올랐다. 그때 또다시 목소리가 들려 왔다.

"돌아가, 돌아가, 이 젊은 처녀야, 네가 들어온 여긴 살인자들 의 집이야."

신부가 놀라 돌아보자 쥐구멍에서 쥐 한 마리가 머리를 내밀 고 있었다. 설마 쥐가 말을 했을까 생각한 신부는 신랑을 찾아 집을 살폈다. 그러나 아무리 살펴도 오두막에는 사람은커녕 누 가 살고 있다는 흔적조차 발견하기 어려웠다. 딱 하나, 한쪽 벽 에 붙은 괘종시계만이 누가 자주 건드린 듯한 모습이었다. 신 부는 괘종시계를 이리저리 만지다가 벽과 괘종시계가 맞닿은 작은 틈에서 바람이 불어오는 것을 느끼고 괘종시계를 한쪽으 로 밀어 보았다. 그러자 괘종시계 뒤에 지하실로 통하는 통로가 나타났다. 신부가 조심스럽게 지하실로 내려가자 그곳에 신랑이 있었다.

"내 님이여, 어찌 이런 음험한 곳에서 숨어 계시는가요?"

신랑은 신부를 보자 탄식을 내뱉었다.

"어리석고 호기심 많은 처녀여, 어찌 이 숨겨진 장소까지 오셨나요? 죽음의 기운이 돌고 있는 어두운 숲을 보지 못했나요? 까마귀가 지저귀는 죽음의 소식을 듣지 못했나요? 쥐구멍의 쥐가 속삭이는 위험을 듣지 않았나요? 어찌 이 숨겨진 장소까지 찾은 건가요?"

신부는 신랑의 말에 혼란스러워했습니다.

"그게 대체 무슨 말씀이신가요?"

"낯선 저의 청혼을 믿지 않고, 이 죽음의 기운을 느끼고, 숨어있는 저를 발견하지 못한 채 돌아가기를 바랐답니다. 저는 이미 혼인한 몸으로 신부는 무시무시한 마녀입니다. 그녀의 세 자매와 이곳에서 처녀를 꼬여 그 피로 젊음을 유지하고 그 살로 배를 채운답니다. 저는 마녀에 속아 장가왔다가 가족들까지 동굴에 갇혀버리고 말았습니다. 마녀들에게 죽임을 당하지 않으려면 그녀들이 시키는 대로 할 수밖에 없었습니다. 저는 그동안 순진한 처녀들을 꼬드겨 이곳으로 데려왔습니다. 처녀 대부분은 이곳의 음험한 기운을 느끼고 저조차 보지 못한 채 돌아갔는데 당신은 기어이 이 지히실을 찾았군요. 돌아가기에는

71

이미 늦었습니다. 곧 마녀들이 들이닥칠 것입니다. 어서 여기 오크통에 숨으세요."

신부가 오크통에 들어가자 신랑은 뚜껑을 닫았다. 곧이어 마녀들이 처녀 한 명을 끌고 지하실로 들어왔다.

"내 신랑이여, 오늘도 아름다운 처녀 한 명을 데려왔답니다."

마녀들은 겉모습은 젊고 대단히 아름다웠으나 눈빛은 어두웠으며 왠지 모를 검은 기운이 주변을 맴돌고 있었다. 그들이 끌고 들어온 처녀는 온몸을 결박당한 채 두려움에 비명을 질러대고 있었다.

"내 아름다운 님이여, 오늘도 양식을 가져오셨군요. 제가 꾄 처녀는 또다시 이곳의 기운에 달아나고 말았답니다."

신랑의 몸짓과 입은 사랑을 노래하고 있었으나 눈빛은 공포에 질려 있었다. 마녀 중 가장 아름다운 마녀가 사악한 미소를 지으며 대답했다.

"괜찮습니다. 가족이 잡아먹히는 모습을 보고 싶지 않다면 다음에는 잘 묶어놓겠지요."

마녀들은 잡아 온 처녀의 비명과 애원은 마치 가축의 소리인 양 무시하며 대화를 나눴다. 마녀 하나가 처녀를 탁자 위에 눕힌 후 붙잡았고 다른 마녀가 세 군데의 오크통에서 세 종류의 포도주를 따랐다. 처녀의 입을 강제로 벌린 뒤 가져온 백포도주와 적포도주 그리고 노란 포도주를 먹였다. 이걸 다 마신 처녀는 처음에는 얼굴이 하얘지더니 다시 불타오르듯이 붉어졌다. 마침내 고통에 가득 찬 표정으로 가슴을 부여잡더니 심장이 터지는 소리가 지하실에 울려 퍼졌다. 마녀들은 장송곡의 대단원을 감상한 것처럼 희열에 찬 표정을 지었다. 처녀는 온몸의 구멍이란 구멍에서 피를 뿜었고 마녀들은 넘쳐흐르는 피를 잔에 부어 마셨다. 신랑은 그 광경에 감히 한 마디도 하지 못한 채 공포에 질려 지켜보고 있을 뿐이었다. 마침내 마녀들은 처녀의 고기를 먹기 위해 지하실을 나와 부엌으로 가서 식칼과 향신료를 준비하기 시작했다. 마녀가 잠시 자리를 비운 틈을 타 신랑은 신부가 들어있는 오크통을 열었다.

"어서 도망가시오. 마녀들이 처녀의 피에 취해있어 지금이면 몰래 도망갈 수 있을 것이오."

신부는 신랑은 애처로운 얼굴로 쳐다보았다.

"당신은 저를 사랑했나요?"

"나는 지금 누구를 사랑할 처지가 아니라오. 내가 당신을 속인 것은 미안하게 생각하오. 하지만 지금은 무엇보다 살아남는 것이 가장 중요하오."

신부는 신랑의 손을 잡았다.

"하지만 저는 당신을 사랑한답니다. 당신과 같이 가고 싶어요. 이 수면제를 받으세요. 죽은 처녀의 몸에 붓고 마녀들에게 먹인 뒤 쓰러지면 가족들을 풀어주고 같이 도망가요."

신랑은 신부가 건넨 약병을 바라보았다. 그때 마녀들이 다시 지하실로 내려오는 소리가 들렸고 재빨리 오크통을 닫았다. 마녀들은 커다란 식칼부터 작은 만찬용 나이프, 톱과 망치, 소금과 후추, 각종 향신료를 잔뜩 들고 내려왔다.

"내 신랑이여, 고기를 준비해 주세요."

신랑은 그 소리에 처녀의 남은 옷가지를 모두 벗겼다. 마녀들은 처녀의 희고 부드러운 나체가 드러나자 단숨에 배를 갈라 내장을 모두 끄집어내었다. 마녀들이 꺼낸 내장을 맛깔나게 맛보는 동안 신랑은 신부가 준 약을 처녀의 빈속에 몰래 부었다. 약은 처녀의 죽은 몸뚱이에 순식간에 번졌다. 내장을 모두 처리한 마녀들은 커다란 식칼을 하나씩 집어 들고 몸뚱어리를 토막 내기 시작했다. 처녀가 낀 반지가 탐났던 마녀는 반지가 잘 빠지지 않자 손가락을 식칼로 내려쩍었고, 그 순간 잘린 손가락이 튀어 올라 처녀가 든 오크통의 작은 구멍으로 빠져버렸다. 처녀는 떨어진 손가락에 너무 놀라 비명을 지를 뻔했지만, 간신히 삼켰다. 순식간에 날아간 손가락을 보지 못한 마녀는 그것을 찾아 헤맸고 신부가 든 오크통을 들여다보려는 찰나 신랑이 외쳤다.

"내 님이여, 반지는 내가 찾아서 그대에게 바칠 것이니 이리 와서 고기부터 먹어요."

마녀는 반지를 바친다는 말에 기분이 좋아져 고기를 먹었다.

처녀의 고기를 실컷 먹은 마녀들은 어느새 약 기운이 온몸에 돌자 그대로 쓰러져 잠들어 버렸다. 마녀들이 깊이 잠이 든 것을 확인한 신랑은 신부를 꺼냈고 마녀의 열쇠를 챙겨 동굴 감옥에 구금된 가족들을 풀어주었다.

"하지만 이제 어떻게 마을로 돌아간단 말이오. 숲속 잿가루는 비가 와서 사라졌을 거요. 그럼 검은 숲에서 길을 잃는다오."

처녀는 의기양양하게 바닥을 가리켰다.

"제가 잿길에 완두콩을 뿌려두었답니다. 비가 온 뒤니 순식간에 새싹 길로 변했을 겁니다."

신랑은 숲 밖으로 인도하는 푸르른 새싹의 길을 발견했고 모두가 무사히 숲을 탈출할 수 있었다. 마을에 무사히 도착한 신랑은 살아남은 가족들을 산 너머 마을에 모시고 다시 신부를 찾아오겠노라고 말했다. 신부는 농부의 집으로 돌아왔다. 농부는 신부의 귀환에 놀라면서도 혹시 신랑이 마음에 안 들어서 돌아왔냐고 물었다. 신부는 사실을 이야기하려다가 사람을 먹는 마녀와 잡혀 사는 신랑 이야기가 너무 허무맹랑한 데다 곧 결혼할 신랑의 험담이 될까 거짓을 이야기했다.

"아니요. 제가 길을 잘못 들어 숲에서 헤매다 결국 찾지 못하고 돌아왔어요."

신부는 그렇게 말하고 보니 자신을 속여 마녀에게 바치려 했던 신랑이 꺼림해졌다. 게다가 그 오두막에서 희생된 처녀들을 떠올리니 신랑이 공범이나 다름없다고 여겨졌다. 게다가 그가 말했던 목장과 재산과 번지르르한 말도 모두 거짓이었다.

신랑은 신부의 마을로 돌아왔고 곧 성대한 결혼식을 올리려 했다. 마을 사람들을 모두 모은 그 자리에서 신부는 이야기를 시작했다.

"제가 숲에서 길을 잃었을 때 오두막에서 꿈을 꾸었답니다. 오두막 주변의 까마귀와 쥐가 '돌아가, 돌아가, 여기는 살인자의 집이야'라고 말했었어요. 저는 그 말을 듣고 오두막의 모든 방을 뒤졌지만 아무도 찾지 못했어요. 그러다 괘종시계 뒤에 지하실로 가는 비밀통로를 발견했고 거기에 나이든 노파 한 분이 계셨어요. 노파는 제게 이르길 '이런 불쌍한 애를 봤나, 여긴 살인자 가족의 소굴이야. 물론 너의 신랑도 여기 살고 있다. 하지만 그가 너를 보면 단번에 토막 내 먹어치울 것이야'라고 이야기했어요."

놀라서 벌벌 떠는 신랑에게 신부는 '이건 그냥 꿈일 뿐이야'라고 안심시키며 말을 이었다.

"바로 그때 그 살인자 가족들이 닥쳤답니다. 그것도 마을의 처녀 한 명을 끌고 들어와서요. 노파는 저를 비어있는 오크통 안에 숨겨주었어요. 그들은 처녀를 죽이고 그 아리따운 몸을 식탁 위에 올리곤 토막을 내 소금을 흩뿌리더군요. 살인자 가족의 어머니가 처녀의 반지를 탐냈어요. 그런데 손가락에서 반지가 잘 빠지지 않아서 손가락을 잘랐는데 손가락이 그만 튀어 올라 제가 숨어있는 오크통 안으로 빠져버렸지요. 노파는 살인자들이 실컷 마시고 잠든 순간 저를 탈출시켰습니다. 그리고 바로 이것이 그 살해당한 처녀의 손가락입니다! 또 그 오두막의 주인은 바로 이 남자이지요!"

마을 사람들은 신부가 들고 있는 손가락을 바라보았다. 신랑은 너무나도 당황하여 횡설수설하기 시작했다. 그러다가 반지를 만든 대장장이가 그것을 알아보자 살해당한 처녀의 아버지가 당장 신랑을 끌어내렸다. 마을 사람들은 합심하여 살인자 신랑과 그 가족들을 모두 잡아들여 재판에 세웠다. 신랑과 그 가족이 오두막에 있었다는 증거와 마을의 처녀들을 잃은 사람들의 분노가 모여 신랑과 그 가족은 순식간에 교수형에 처해져 죽임을 당했다.

시간이 흐른 뒤 어느 날 신부는 잠자리에 들며 촛불을 껐다. 그 순간 집의 천장에서 마녀들이 얼굴을 내밀었고 신부가 비명을 지르기도 전에 순식간에 목을 졸랐다.

"감히 내 오두막에서 탈출한 것도 모자라 내 사랑스러운 신랑을 죽여?"

마녀는 신부의 목을 조른 채 기절시켰다. 그대로 그녀를 죽이지 않고 검은 숲속 오두막까지 끌고 갔다.

"너는 죽지도 않고 살지도 않은 채 영원히 내 정원의 장식이 되어라."

신부의 머리는 어두운 덤불 속에 걸린 채 영원히 고통받게 되었고 이곳을 방문하는 방문객을 볼 때마다 고통에 찬 경고를 날렸다.

"돌아가, 돌아가, 네가 들어온 여긴 살인자들의 집이야."

개구리 왕자

샘은 바닥이 보이지 않을 정도로 깊었다. 치마를 걷은 공주가 샘 앞에 주저앉았다. 몇 번이고 샘을 들여다보았지만, 가라앉은 황금 공 대신 비치는 것은 자신의 아름다운 얼굴이었다. 창백한 피부에 꽃처럼 피어난 홍조와 보석처럼 빛나는 눈동자가 이토록 무력했던 적이 있던가! 아름다움은 공주가 원하는 모든 것을 이뤄주었지만, 황금 공 하나는 건지지 못했다.

　성 밖으로 멀리 나갈 수 없는 공주를 달래주는 건 숲속에서의 공놀이뿐이었다. 황금 공을 던졌다 받으며 숲속을 걸을 때면 성에서의 외로움을 조금 잊을 수 있었다. 공주의 어머니가 일찍 죽었기에 국왕은 그녀를 끔찍하게 아끼며 성 밖으로 멀리 나가지 못하게 가둬 길렀다. 황금 공은 그런 공주의 유일한 친구였다. 공주는 친구를 잃었다는 슬픔에 엉엉 울기 시작했다.

"무슨 일 때문에 그렇게 슬피 울고 있나요, 공주님?"

소스라치게 놀란 공주가 주변을 둘러보았다. 분명 숲에는 혼자뿐이었는데, 처음 들어보는 흉측한 목소리가 자신에게 말을 걸고 있었다. 여기예요, 공주님. 소리가 들리는 방향으로 고개를 돌리자 물 밖으로 고개를 내민 개구리 한 마리와 눈이 마주쳤다. 흰자 없이 새까만 눈동자는 죽은 사람의 눈처럼 아무것도 반사하지 않고 있었다. 비위가 상한 공주가 반사적으로 입을 틀어막자, 개구리의 이마에 앉아 있던 날벌레가 날아가면서 곪은 두드러기로 가득한 피부가 드러났다. 공주가 개구리의 눈을 피하며 대답했다.

"황금 공이 샘에 빠져서 울었어."

그러자 개구리의 축축한 입이 벌어지며 긴 혀가 툭 떨어졌다. 가늘게 찢어진 입꼬리를 보아하니 웃고 있는 것 같았다. 겁에 질린 공주가 뒷걸음질 치려고 할 때 개구리가 말했다.

"제가 공주님의 황금 공을 꺼내드릴 수 있답니다. 그러니 눈물을 그치세요."

공주는 그제야 개구리를 똑바로 바라보았다. 그게 정말이니? 공주가 묻자 개구리가 고개를 끄덕였다.

"공주님은 저에게 뭘 주실 거지요?"

공주는 어서 공을 가지고 궁전으로 돌아가고 싶었다. 황금 공을 돌려받을 수 있다면 못할 말이 없었다.

"네가 원하는 거라면 무엇이든 다 줄게. 궁전에 핀 꽃을 원하니? 아니면 내 보석을 원하니?"

"제가 바라는 꽃은 공주님의 두 뺨에 피어난 홍조이고, 제가 갖고 싶은 보석은 공주님의 빛나는 두 눈이에요. 공주님이 사랑을 가득 담은 눈으로 저를 보며 두 뺨을 붉히길 원해요. 함께 밥을 먹고 함께 잠들 수 있다고 약속하신다면, 기꺼이 황금 공을 가져다드리지요."

공주는 터져 나오려는 웃음을 참으며 고개를 끄덕였다. 어떻게 사람이, 그것도 공주인 내가 이 끔찍한 개구리를 사랑하길 바라? 개구리가 기대하는 것이 너무나 얼토당토않은 내용이라, 공주는 개구리를 비웃듯 가벼운 마음으로 약속했다. 공주의 약속을 받아 낸 개구리는 샘 깊숙이 헤엄쳐 들어갔다. 곧 황금 공이 수면으로 떠 올랐고, 공주는 개구리가 올라오기 전에 황금 공을 얼른 집어 품에 안았다. 성을 향해 달리는 공주의 등 뒤로 개구리 울음소리가 찢어지듯 울려 퍼졌다. 따뜻한 봄이 가고 무더운 여름이 찾아올 때까지, 공주는 개구리와의 약속을 잊고 있었다.

지독한 장마였다. 농작물이 쓸려가고 마을이 물에 잠기는 일이 계속되었다. 국왕이 하늘에 기도를 올릴 때마다 불어오는 바람에 제단의 촛불이 꺼지고 비가 거세졌다. 먹구름에 갇힌 나라는 날로 어두워졌다. 공주는 방 안에서만 시간을 보냈다. 이렇게 비가 많이 오면 좋아하는 공놀이를 할 수 없었다. 창가에 앉은 공주가 걱정하며 창밖을 내다보았다. 그때 국왕이 공주를 불렀다.

"당신을 기다리고 있었어요."

식사가 차려진 식탁 위엔 비에 젖어 번들거리는 개구리가 앉아 있었다. 공주는 놀라 소리를 지를 뻔했다. 이 개구리가 문 앞에서 계속 울고 있더구나. 국왕이 말했고 불편한 침묵이 이어졌다.

"네가 왕자님과 약속을 했다면서."

공주가 눈살을 찌푸렸다. 뭐라고요? 왕은 이 개구리는 마녀에게 저주를 받은 왕자라며 그 저주를 풀기 위해선 공주가 약속을 지켜야 한다고 말했다. 말문이 막힌 공주가 태연하게 개골개골 울고 있는 개구리를 쳐다보았다. 국왕은 정말 이 개구리의 말을 믿는 것 같았다. 이 장마도 마녀의 저주인 거야. 국왕이 끊임없이 중얼거렸다.

공주는 입을 다물고 자리에 앉았다. 황금 접시에 담긴 수프를 한술 뜨려고 하자, 개구리가 말했다. 우리가 함께 먹을 수 있도록 접시를 제 쪽으로 밀어주세요. 국왕이 공주를 쳐다보았고 공주는 마지못해 접시를 개구리에게 밀어주었다. 공주가 수프에 스푼을 집어넣자, 개구리가 수프에 혀를 담갔다. 공주가 수

프를 떠 입에 가져가자, 개구리가 혀를 말아 입안에 집어넣었다. 구역질이 나는 것을 참으며 짧은 식사를 마친 공주가 방으로 돌아가려고 하자 개구리가 말했다. 나를 데려가셔야죠. 공주는 마지못해 개구리를 손바닥에 올리고 계단을 올랐다. 개구리의 배가 손바닥에 닿아 자꾸만 미끌거렸고 공주는 눈물이 터질 것 같았다. 아바마마가 미친 게 분명해. 공주가 눅눅한 침대에 고개를 묻자 개구리가 바닥에서 울기 시작했다.

"그 차가운 샘물 곁에서 저한테 약속하신 걸 잊으셨나요?"

침대 기둥을 타고 올라온 개구리가 공주의 이부자리를 파고들었다. 개구리가 다가올수록 흰 침대 시트에 축축한 발자국이 생겼다. 공주가 지르는 비명은 천둥소리에 묻혔다. 공주의 드레스 안쪽으로 기어들어 온 개구리는 허벅지를 타고 올라왔다. 온몸에 소름이 끼친 공주가 다리를 오므리자 개구리가 말했다.

"공주님, 공주님, 문을 열고 절 들여보내 주세요."

온몸을 체액으로 적신 개구리가 공주의 허벅지 사이를 파고들었다. 기어 올라오는 것은 순식간의 일이었다. 숨을 내쉴 때마다 커다래지는 개구리의 배가 공주의 사타구니 안쪽으로 달라붙었다. 개구리가 길고 축축한 혀가 어떻게 움직이며 무엇을 핥고 있는지 공주가 모를 수 없었다. 체액으로 젖은 속옷이 피부에 달라붙자 공주의 둔덕이 윤곽을 드러냈다. 속옷 사이를 비집은 개구리가 공주의 음모 안에 숨어들었다. 우거진 음모 사이엔 공포와 흥분에 반사적으로 젖어 든 늪이 있었다. 개구리가 늪에 천천히 고개를 집어넣었다. 우둘투둘한 개구리의 머리가 안으로 들어오자 공주가 자지러지며 비명을 질렀다.

"제발 그만둬!"

"약속을 지키셔야죠. 저와 사랑하기로 약속하셨잖아요."

다리를 오므릴 때마다 개구리는 공주의 깊숙이 들어오길 반복했다. 개구리는 공주의 늪을 조금씩 맛보며 앞으로, 앞으로 기어갔다. 처음 맛보는, 늪이 헤집어지는 감각에 공주의 머리가 새하얘졌다. 개구리의 몸에 돋아난 돌기가 공주의 안을 긁을 때마다 공주의 허리가 조금씩 들렸다. 아랫배가 천천히 달아오르며 목이 탔다. 조금씩 신음을 흘리기 시작하는 자신이 낯설었다. 겁에 질린 공주는 황급히 베개 아래를 더듬었다. 손에 잡혀 오는 단도를 뽑아 들고 자신의 허벅지 사이를 내리찍자 드레스가 천천히 검붉은 피로 물들었다. 공주가 숨을 몰아쉬며 드레스를 들췄다. 그러나 개구리는 온데간데없었고, 자신의 사타구니에서 흘러나온 피만이 동그랗게 고여있었다. 공주가 자신의 배를 내려다보았다. 공주의 몸속 깊숙이 개구리 울음소리가 들려오는 듯했다. 개구리를 꺼내야겠다고 생각한 공주가 자신의 사타구니 안에 손을 집어넣었다. 축축하고 뜨거운 내벽이 손가락을 삼키듯 에워쌌다. 질척한 액체가 개구리의 체액인지 자신의 애액인지 분간할 수 없었다. 더 깊은 곳을 더듬을수

록 공주의 숨만 가빠질 뿐, 개구리는 손에 잡히지 않았다. 공주
는 고개를 숙여 자신의 사타구니 안을 바라보았다. 그 속은 깊
고 축축한 어둠이었다.

그다음 날부터 비가 내리지 않았다. 기나긴 장마가 계속되었
다는 게 믿기지 않을 만큼 환하게 갠 하늘을 보고 백성과 국왕
모두 시름을 놓았다. 긴 장마도 언젠가 그칠 일이구나. 웃는 국
왕과 신하들 앞에서 공주만은 어떤 표정도 짓지 않은 채 아랫
배를 매만졌다. 이상하게 생각한 국왕이 공주의 몸 상태를 물
으니 공주는 속이 더부룩하다고 대답했다. 왕자님은 어디 있느
냐? 국왕의 물음에 공주는 대답하지 못하고 발끝만 내려다보았
다. 배가 불러 그 발끝이 점점 보이지 않게 될 때까지 공주는 국
왕에게 그날 밤 일을 숨겼다.

공주의 배는 천천히 그러나 확실하게 불러갔다. 전에 먹지
않던 것들을 게걸스럽게 먹어치우는 공주의 모습과 단단히 불
러가는 배를 보며 신하들이 수군거리자 국왕은 공주를 성에 가
두었다. 출산을 하면 바로 아이를 토막 내 죽인 뒤 깊은 숲속에
매장할 생각이었다. 공주는 산달이 가까워질수록 불안에 떨었
다. 아이가 뱃속에서 움직일 때마다 개구리가 샘에서 헤엄치던
모습이 떠올라 구역질이 났다. 흉측한 괴물을 낳게 될 거라는
생각이 매일 밤 악몽이 되어 찾아왔다. 나리 사이에 녹색 점박

이 피부를 가진, 개구리 한 마리가 앉아 자신을 엄마라고 부르는 꿈이었다. 식은땀을 흘리며 일어난 뒤에는 꼭 이불을 걷어 확인했다. 방 안에 있는 것이 자신뿐임을 몇 번씩 확인해야 다시 잠들 수 있었다. 공주는 매일 아침 그늘진 눈으로 거울 속의 자신을 오래 들여다보았다. 거울 속에는 뱃속의 괴물에게 모든 양분을 빼앗긴 초췌한 산모가 서 있었다. 공주는 거울을 들고 국왕 앞으로 가 거울 속의 자신을 가리키며 호소했다.

"아버지, 이 여자를 죽여주세요. 제 아름다운 얼굴을 보려고 해도 저 여자가 비키지 않아 머리를 빗을 수가 없어요. 저년의 머리를 좀 보세요. 듬성듬성 빠진 머리카락이 가득 엉겨있잖아요. 저년의 가슴을 좀 보세요. 앙상한 갈비뼈에 진 그림자가 밤마다 깊어져요. 저년의 배를 좀 보세요. 저 속에서 자라고 있는 괴물이 절 미치게 해요."

공주는 거울을 던져버렸다. 바닥으로 거울 조각이 흩어졌고 공주는 비명을 지르며 조각을 발로 밟아댔다. 발바닥이 찢어지며 흘러나온 피가 바닥을 적셨다.

공주의 출산이 다가왔다. 국왕은 공주가 낳은 아이를 처리할 사냥꾼을 침실 안으로 들여보냈다. 사냥꾼이 모든 일을 마칠 때까지 국왕은 서재에서 나오지 않을 셈이었다. 그렇게 아침부터 저녁이 될 때까지 세상에서 가장 긴 시간이 흘렀다. 신하가 급하게 문을 열고 들어와 국왕에게 말했다.

"전하, 공주님의 출산이 끝났습니다. 그런데 아기가…"

신하는 쉽게 말을 잇지 못했다. 답답해진 국왕이 일이 잘 마무리되었느냐며 되물었다. 신하가 벌벌 떨며 고개를 저었다. 그것이, 아기가 너무나도…. 겁에 질린 신하를 본 국왕이 자리에서 일어났다. 내가 직접 확인해야겠다. 침실 문을 연 국왕은, 지친 얼굴로 품에 아기를 안고 있는 공주를 발견했다. 아기를 진즉에 처리했어야 할 사냥꾼은 그 앞에서 무릎을 꿇고 있었다. 왕이 공주의 앞에 서자, 공주는 아기의 얼굴을 보여주었다. 이제껏 본 적 없이 너무나도 아름다운 아기가 공주의 품에 안겨 있었다. 눈을 깜빡일 때면 아기의 눈동자에서 한 세계가 열렸다 닫히는 듯했다. 왕은 할 말을 잃고 가만히 공주가 건네는 아기를 품에 안았다. 쇠한 공주는 아기가 국왕에게 안기는 모습을 보며 잠들 듯 숨을 거두었다. 왕은 그 즉시 사냥꾼을 물렸다. 그리고 이 아기를 자신의 명이 다할 때까지 지켜주겠노라 맹세하며 성문을 열었다.

아기는 자라 공주가 되었다. 창백한 피부에 꽃처럼 피어난 홍조와 보석처럼 빛나는 눈동자는 공주가 원하는 모든 것을 이뤄주었다. 공주는 세상 모든 것에게서 사랑받았다. 성 사람들은 입을 모아 공주의 아름다움을 칭찬하며 덧붙였다. 마치 돌아가신 공주님 어머니의 어릴 적 모습을 보는 듯해요. 열여섯 살이 된 공주는 점점 더 어머니를 닮아갔다. 젖가슴엔 봉긋하니 탄력이 붙었고 야들야들한 허리에 머문 시선은 잘록하게 미끄러졌다. 여름날 숲처럼 우거지기 시작하는 음모에서 진한 사향 냄새가 나기 시작했다. 국왕은 그런 공주를 지나치게 아꼈다. 성에서 멀리 나가지 못하도록 했기 때문에 공주는 하루 종일 홀로 노는 수밖에 없었다. 죽은 어머니의 방에서 황금 공을 발견했을 때 공주는 이 황금 공을 가장 친한 친구 삼아, 숲으로 나섰다. 황금 공을 하늘 높이 던졌다 받기를 반복하며 시간이 가는 줄 몰랐다. 공주는 공이 이끄는 대로 점점 깊은 숲속으로 들어갔다. 높이 던진 공을 받으려는 순간, 공이 공주의 손에 맞고 튀어 나갔다. 공은 공주가 지켜보는 가운데 샘 속으로 굴러 들어갔다.

샘은 바닥이 보이지 않을 정도로 깊었다. 치마를 걷은 공주가 샘 앞에 주저앉았다. 몇 번이고 샘을 들여다보았지만, 가라앉은 황금 공 대신 비치는 것은 자신의 아름다운 얼굴이었다. 공주의 아름다움은 황금 공 하나를 건지지 못했다. 분한 마음에 울기 시작한 공주 곁으로 개구리 울음소리가 모여들었다.

"무슨 일 때문에 그렇게 슬피 울고 있나요, 공주님?"

하얀 새

유독 자연을 사랑한 부부는 커다란 숲에서 유유자적한 삶을 살고 있었다. 슬하에는 딸이 셋 있었는데, 첫째 딸은 부모처럼 어릴 때부터 자연을 좋아해 숲의 끝에서 끝으로 뛰어다니다가 열여섯 살이 되던 해 행방불명되었다. 둘째 딸 또한 불과 물과 바람과 땅을 느끼며 돌아다니다가 열여섯 살이 되던 해 행방불명되었다. 부부는 딸들의 행방을 찾아 여기저기 돌아다녔으나, 결국 찾지 못했다. 부부는 딸들의 생사도 모른 채 하염없이 기다리다가 천천히 그녀들의 죽음을 받아들이는 수밖에 없었다.

이제 막내딸이 부부의 유일한 빛줄기였다. 하지만 막내딸의 열여섯 살 생일 또한 다가오고 있었기에 부부는 매일 근심 걱정으로 편히 잠들지 못했다. 막내딸도 자연을 좋아해 숲에서 동물들과 시간을 보내기 일쑤였다. 부부는 막내딸이 사라져 돌아오지 못하는 꿈을 꾸고 벌떡 일어나기를 반복했다. 그때마다 부부는 잠든 막내딸의 침대로 갔다. 그녀가 곤히 잠든 것을 확인하고는 귓가에 이렇게 속삭였다.

"아가야, 아가야. 돌아오는 생일에 절대로 밖에 나가선 안 된다. 집 안에만 있는 거야. 누군가 찾아와도 절대 문을 열어주지 말거라."

그렇게 막내딸의 16번째 생일이 밝았다. 그런데 하루 종일 막내딸 곁에서 그녀를 지키려던 부부는 급한 연락을 받고 부득이하게 도시에 가게 되었다. 배웅하러 나온 막내딸에게 부부는 단단히 일렀다.

"아가야, 아가야. 절대 밖에 나가선 안 된다. 집 안에만 있는 거야. 누군가 찾아와도 절대 문을 열어주지 말거라."

"네, 절대 밖에 나가지 않을게요. 집 안에만 있을게요. 누군가 찾아와도 문을 열어주지 않을게요."

부부는 불안한 마음을 품고 도시로 가는 마차 위에 올라탔다. 마차가 출발하고 집이 점점 멀어질수록 세상이 막내딸마저 앗아갈까 봐 부부는 불안해졌다. 하지만 총명한 막내딸을 믿고 도시에 다녀올 수밖에 없었기에, 부부는 마차 안에서 조용히 눈물을 훔쳤다.

그때 막내딸은 혼자 방 안에서 인형과 놀고 있었다.

"네가 첫째 언니야. 그리고 넌 둘째 언니를 하는 거야."

막내딸은 인형들에게 언니들의 이름을 붙여주며 혼자 말을 주고받았다. 내색하지 않았지만 실은 언니들이 무척 그리웠다. 언니들은 왜 사라진 걸까? 어딘가에서 살아있을까? 열여섯 살 생일마다 무슨 일이 일어난 걸까? 생각이 많아진 막내딸이 한숨을 쉬며 인형들을 내려놓았다. 인형과 노는 것보다 언니들과 노는 게 훨씬 더 재미있었다. 힘이 세고 활발했던 첫째 언니는 늘 풀밭에서 뛰어놀아 줬고, 상냥한 둘째 언니는 늘 새 옷을 만들어 주었었다. 언니들이 그리운 마음에 막내딸의 눈에 그렁그렁 눈물이 맺혔다. 그때였다. 대문을 두드리는 소리에 막내딸은 창문을 살짝 열어 대문 밖을 내다보았다.

"거지 살려, 거지 살려!"

대문 앞에는 큰 소쿠리를 진 거지가 서 있었다. 집집마다 돌아다니며 음식을 구걸해 그것을 소쿠리에 담는 듯했다.

"꼬마 아가씨, 음식을 조금만 나눠주시구려."

심성이 고운 막내딸은 거지를 보고 마음이 동하고 말았다.

"많은 건 드리지 못하지만, 작은 빵 한 덩이라면 드릴 수 있어요."

막내딸은 부모가 자신의 저녁으로 남기고 간 빵 한 덩이를 거지에게 주고자 했다. 문을 열고 나가려던 막내딸은 부모의 당부를 떠올렸다.

"하지만 저는 오늘 집 밖을 나갈 수 없답니다. 창문 밖으로 빵을 던질 테니, 받아주시겠어요?"

막내딸의 말에 거지는 마냥 좋다고 고개를 끄덕였다. 막내딸이 창문을 열고 빵을 던지는 순간이었다. 거지가 자신이 짚고 있던 지팡이를 뻗더니 막내딸의 소매를 슬쩍 건드렸다. 그러자 막내딸은 순식간에 소쿠리 안에 들어갔다. 거지는 가난뱅이처럼 꾸미고 이 집 저 집 구걸을 다니며 아름다운 처녀들을 잡아가는 사악한 마법사였다. 막내딸이 발길질하며 몸부림쳐도 소쿠리는 꿈쩍도 하지 않았다. 소쿠리 안에 단단히 갇혀버린 것이었다. 마법사는 막내딸을 지고 언덕 위에 있는 자신의 집으로 향했다.

"예쁜 것 같으니. 내 집에는 네가 원하는 것은 뭐든지 다 있단다."

마법사의 목소리에 막내딸은 소름이 돋았다. 마법사가 집에 도착해서 소쿠리를 열자 그제야 막내딸은 안에서 나올 수 있었다. 마법사의 집 안은 온갖 금은보화로 가득했다. 마법사는 원하는 것은 무엇이든 줄 수 있다며 으스대었다.

"정말 제가 원하는 것은 무엇이든 줄 수 있다고요?"

언니들을 다시 만나고 싶다고 말하려던 막내딸의 입을 마법사가 막으며 끼어들었다.

"그래, 내 신부가 된다면 말이지."

마법사는 코에 난 뾰루지를 문질러 터뜨리며 웃었다. 고름 섞인 진물이 막내딸의 장밋빛 뺨에 튀었다. 막내딸이 미간을 찌푸리며 뺨에 묻은 진물을 닦아내었다. 마법사는 열쇠 꾸러미를 내밀며 말했다.

"내가 어디를 다녀와야 해서 잠시 너 혼자 있어야 한다. 여기 집 안 열쇠를 주마. 어디를 가도 좋고 무엇이든 다 봐도 좋은데, 이 작은 열쇠로 열리는 방만은 들어가지 마라. 내 말을 듣지 않으면 죽음으로 벌을 내릴 테니 그리 알아."

긴장한 막내딸이 짧은 숨을 들이켰다. 마법사는 달걀 한 알을 주며 이렇게 덧붙였다.

"이 달걀을 잘 간수하고 있으면 내 아내로 삼아주마. 어딜 가든지 이 달걀을 가지고 다니도록 해. 달걀을 잃어버리는 날에는 큰일이 날 테니까."

막내딸은 열쇠와 달걀을 받아놓고 염려 놓으라며 마법사를 안심시켰다. 마법사는 어여쁜 막내딸을 잡아 와 썩 만족스러운 눈치였다. 마법사를 배웅하며 그가 멀리 떠나는 것을 확인한 막내딸은 바로 집 안을 샅샅이 살피기 시작했다. 방이란 방은 모두 번쩍거리는 금은으로 덮여있었다. 난생 처음 보는 구경거리가 가득했다. 하지만 막내딸은 사치품에 쉽게 혹하지 않았다. 금은보화보다 빨리 가족의 품으로 돌아가는 것이 더 소중했다. 노는 방을 둘러본 막내딸은 드디어 금지된 방 앞에 도착했다. 처음에는 그냥 지나치려 했지만, 도저히 호기심을 억누를 수 없었다. 여느 문과 다를 바 없고, 여느 열쇠와 다를 바 없는데 도대체 무엇이 있길래 들어가면 안 된다는 걸까? 도망치기 전에 이 방만 확인해보자. 막내딸은 결국 구멍에 열쇠를 밀어 넣었다. 달칵하며 잠금쇠가 풀리는 소리가 났다.

문이 활짝 열리고, 방 안이 보였다. 방 한복판에 놓인 커다란 대야에는 토막토막 잘린 시체가 가득 들어있었다. 대야 옆으로는 시퍼런 도끼날과 칼갈이가 놓여있었다. 구역질을 참고 용감하게 방 안을 둘러보던 막내딸은 그만 두 시체 앞에서 무너지고 말았다. 사랑하는 두 언니가 잔인하게 난도질당한 채 대야 안에 누워있었기 때문이다.

막내딸은 슬픔에 눈물을 흘리면서도 침착하게 잘린 토막들을 끌어모아 원래 순서대로 가지런히 놓았다. 언니들을 다시 만나게 해주세요. 막내딸의 기도가 하늘에 닿았는지, 토막 난 살덩이들이 제 위치에 모두 놓이자 천천히 달라붙기 시작했다. 토막이었던 살덩이는 어느새 사람의 형체가 되어 두 언니의 모습으로 돌아와 있었다. 얼마 지나지 않아 두 언니가 눈을 떴고 막내딸은 뛸 듯이 기뻐했다. 하지만 되살아난 언니들은 예전 모습이 아니었다.

"큰언니, 나 막내야. 알아보겠어?"

첫째 언니는 걱정스러운 눈으로 자신을 바라보는 막내를 멍하니 바라보며 앓는 소리만 내었다.

"작은언니, 나 막내야. 뭐라고 말 좀 해봐."

"그어어어."

둘째 언니도 마찬가지였다. 언니들은 사악한 마법으로 인해 죽어도 죽은 것이 아니고, 살아도 산 것이 아닌 기괴한 상태가 되어버렸다. 막내는 분노에 가득 차 마법사에게 복수할 계획을 짜기 시작했다. 언니들을 일단 움직이지 못하게 묶어놓고 다시 문을 잠갔다.

막내딸이 계획을 완성했을 즈음 집으로 돌아온 마법사는 열쇠와 달걀을 내놓으라고 했다. 막내딸이 주머니에서 열쇠 꾸러미와 달걀을 꺼내놓았다. 막내딸의 달걀은 깨진 자국 하나 없이 희고 반질반질했다. 흡족해진 마법사가 수염을 쓰다듬으며 말했다.

"좋아, 달걀을 간수하는 건 나의 시험이었어. 넌 시험에 통과했으니 특별히 내 신부로 삼아주겠다."

"네, 저도 숲속에 가만히 처박혀 지루한 나날을 보내고 싶진 않아요."

마법사는 흡족하게 웃으며 서둘러 첫날 밤을 보내려 했다. 여자를 납치하지 않고서는 얼굴을 마주하는 것도 힘들었던 마법사는 고분고분한 막내딸의 태도가 꿈만 같았다. 그가 납치한 여자들은 항상 비명을 지르며 자신과 한 마디도 섞지 않았고, 달걀을 맡겨두면 깨뜨리거나 없애버리기 일쑤였다. 잔뜩 흥분한 채로 막내딸을 덮치려던 마법사는 막내딸의 저항에 잠시 멈출 수밖에 없었다.

"잠시만요! 아무리 그래도 부모님께 말은 해야죠!"

화를 내려던 마법사는 막내딸의 말을 듣고 이내 수긍했다.

"그래, 그럼 내일 아침에 마법의 새를 보내겠다."

"무슨 소리예요? 제가 마음에 드는 남자를 찾아서 결혼하려 하는데, 그냥 소식만 전하고 말다니요. 당신이 직접 가서 얼굴을 보여드려야죠!"

마법사는 마음에 드는 남자라는 말에 가슴이 뛰기 시작했다. 자신에게 이렇게 말해준 여자는 처음이었다.

"첫날 밤은 그때, 그때 치르도록 하죠."

막내딸은 최대한 요염한 표정을 지으며 마법사의 얼굴과 가슴을 손으로 쓰다듬으며 유혹했다. 마법사는 정신을 차릴 수 없었다. 여자라고는 공포에 질린 얼굴만 보다가 이렇게 자신을 유혹하는 색기 넘치는 얼굴을 보니 그간 여자들을 납치하고 죽였던 것이 후회되기 시작했다.

"그대를 납치해서 미안하오. 시작은 잘못되었지만 내 그대를 위해 최선을 다하리다. 그대의 부모님께도 내친김에 지금 당장 소식을 전하리다. 바로 출발하겠소."

막내딸은 마법사의 사죄에 잠시 마음이 움직일 뻔했지만, 방 안에 죽지도 살지도 못한 채 갇혀있는 언니들을 생각해 내고는 정신을 차렸다. 그리고 의연하게 마법사를 배웅했다. 마법사가 시야에서 사라지자, 막내딸은 자신과 함께 뛰어놀던 하얀 새를 불러 부모님께 소식을 전했다. 걸어가는 마법사보다는 빠르게 소식을 전할 수 있으리라 믿으며 언니들의 상태와 자신의 계획을 같이 보냈다.

마법사는 막내딸의 부모님을 뵙고 돌아왔다. 걱정했던 것과는 달리, 부모님은 쉽게 허락을 해줬고 마법사는 크게 기뻐하며 한달음에 자신의 집으로 달려왔다. 막내딸은 마법사를 반갑게 맞이하며 방으로 불러들였다. 이때까지 참아왔던 마법사는 방에 들어오자마자 막내딸에게 덤벼들었다. 막내딸은 처음이라 매우 서툴렀고, 마법사는 흥분이 극에 달해 눈에 보이는 것이 없었다.

"아아! 너무 아파요. 살살 하세요. 너무 아파요!"

신음인지 비명인지 모를 소리를 지르는 막내딸을 보며 마법사는 더욱 흥분해 단단해진 육봉을 막내딸의 사타구니 사이로 밀어 넣고는 거칠게 흔들기 시작했다.

"아아아악!"

"사랑하오! 그대만을 사랑하오!"

마법사는 사랑한다는 말을 되뇌며 막내딸을 계속 거칠게 다루었고, 이내 자신의 정을 모두 쏟아내고는 탈진하여 잠들었다. 막내딸도 너무 아프고 피곤해 잠을 자고 싶었지만 남아있는 체력을 모두 끌어모아 침실 밖으로 나왔다. 침실의 문을 단단히 잠그고는 언니들이 갇힌 방을 열고 집 밖으로 나왔다. 집 밖에는 부모님이 걱정스러운 얼굴로 기다리고 있었다. 막내는 언니들이 있는 곳을 알려주고는 마법사의 집에 불을 지를 준비를 했다. 부모님이 언니들을 데리고 뒷문으로 무사히 빠져나갔다는 신호를 주었고, 막내는 앞문까지 모두 잠그고 나서 집에 불을 질렀다.

"끄아아악!"

집은 마법사의 비명과 함께 활활 타오르기 시작했다. 막내딸은 불타는 집을 뒤로하고 부모님이 기다리고 있을 집으로 돌아갔다. 피곤한 몸을 이끌고 돌아간 막내딸은 언니들부터 찾았지만, 그들은 집에 없었다.

"어머니! 아버지! 언니들은 어디에 있나요?"

"아가, 그건 너의 언니들이 아니었다. 자연의 순리를 역행한 마법사의 피조물일 뿐이었다."

살아있지도 죽어있지도 않은 상태의 딸들을 보고는 부모님은 충격을 받았다. 한평생 자연과 함께했던 부모님은 언니들의 상태를 인정할 수 없었고, 그 방의 문을 다시 잠근 채 그대로 나왔던 것이었다. 막내딸은 분노했고 슬펐다.

"그럼 그 사악한 마법사와 일을 치른 저도 자연의 순리를 역행한 것이군요."

막내딸은 부모님이 말릴 새도 없이 집을 뛰쳐나와 숲으로 사라졌다. 그 후 숲에는 피눈물을 흘리는 하얀 새가 들으면 누구든지 울게 만드는 구슬픈 울음소리를 내며 떠돌았다.

백설공주

백설공주는 연회에서 자신을 가엾게 쳐다보던 왕자의 눈빛을 똑똑히 기억하고 있었다. 그때 백설공주가 깨달은 것이 하나 있다면 제아무리 착한 마음씨를 가지고 있어도 힘이 부족하면 아무 소용이 없다는 거였다.

　백설공주는 어릴 때부터 매우 아름다웠다. 일곱 살에 이미 왕국 최고의 아름다움이라 꼽혔고 열 살이 넘자 대륙 곳곳에 소문이 날 정도였다. 하지만 그녀에게 미모는 저주나 다름없었다. 어릴 적 친어머니를 여의고 맞은 계모는 아름다웠지만 마녀였다. 계모는 백설공주의 미모를 시기하여 왕이 궁전을 비울 때면 공주를 방에 가두거나 공주의 시종을 천박한 부랑자들로 고용하기도 했다. 백설공주는 까닭 없이 자신을 괴롭히는 계모를 이해할 수 없었다.

새 왕비뿐만 아니라 아버지인 왕도 백설공주에게는 고통이었다. 왕은 왕비만큼 질투심이 강한 사람이었다. 그는 언제나 이웃 왕국에 뒤처지는 것을 싫어했다. 더 큰 성, 더 강한 군대를 가지려 했고 아내와 딸도 최고의 미모를 갖추기를 원했다. 백설공주는 언제나 아름다운 모습으로 가꿀 것을 강요받았으며 백옥 같은 피부를 위해 외출도 제한당했고 먹고 입는 모든 것을 통제당했다. 그 결과 왕은 백설공주가 천하절색으로 자라나게 하는 데 성공했다. 하지만 너무나 아름답게 성장한 나머지 아버지인 왕마저 백설공주를 탐하게 되었다.

　왕은 사람들의 눈을 피해 백설공주를 범했다. 아직 십 대에 불과했지만 딸은 이미 미적으로 완성되어 있었다. 희고 기다란 다리, 새빨간 사과빛 입술, 부드럽고 긴 흑발, 탄력 있는 젖가슴은 누가 봐도 아름다웠다… 왕은 공주의 덜 여문 음부를 희롱하며 쾌감을 느꼈지만 백설공주에게는 그 모든 하루하루가 고통이었다.

　왕의 시기심은 백성에게도 향했는데 커다란 산과 그 광산을 보유한 7형제에게 가장 강한 시기심을 느꼈다. 7형제만이 험준한 산맥의 광산에서 철을 채굴할 수 있었고 광산의 강철로 군대를 무장하던 왕은 그들을 함부로 대할 수 없었다. 왕은 뛰어난 능력과 재력으로 날이 갈수록 강해지는 7형제를 경계했지만, 할 수 있는 일이라곤 회담이나 연회 때 7형제가 얼마나 천박하고 냄새나고 못생긴 난쟁이들인지 소문내는 일뿐이었다.

왕과 왕비의 시기심은 널리 알려져 있었다. 또 백설공주가
아버지의 탐욕에 고통받는다는 소문도 돌았다. 백설공주는 틈
만 나면 자신을 구해줄 사람을 찾았다. 하지만 나라 안에서 자
기 부모보다 힘이 센 사람은 없었고, 그나마 가능성이 있다면
이웃 나라 사람들이지만 그들의 국력도 약했다. 연회 때 백설
공주는 수많은 사람을 보면서 자신을 도와줄 이가 한 명도 없
다는 사실에 절망감을 느꼈다. 힘없는 이웃 나라의 왕자는 공
주의 아름다운 얼굴에 드리워진 그림자를 보며 떠도는 소문이
사실임을 알아차렸지만, 그녀를 위해 할 수 있는 일은 아무것
도 없었다.

왕비는 어느 날부턴가 왕이 자기 대신 딸을 찾는다는 것을
알게 되었다. 백설공주의 미모에 자격지심을 느끼던 왕비는 남
편의 몸과 마음까지 빼앗겼다는 사실에 화를 참을 수 없었다.
왕비는 비밀리에 사냥꾼을 불렀다.

"내일 왕국에 사냥 대회가 있을 것이다. 사냥에 정신없을 때
백설공주를 뒤처지게 할 것이니 너는 산짐승이 물어 간 듯 백
설공주를 납치해라. 산속 깊이 데리고 가서 공주를 죽이고 내
게 심장과 간을 가져오거라."

사냥꾼은 다음날 사냥 대회가 열리자 왕비의 명령대로 무리

에서 뒤처진 백설공주를 낚아채어 산속 깊이 끌고 갔다. 그녀를 죽이려는 찰나 사냥꾼은 백설공주의 눈물 어린 눈과 새빨간 입술, 끌려 오느라 흐트러진 옷 사이로 드러난 속살을 보았다. 사냥꾼은 그 자리에서 공주를 겁탈했다. 사냥꾼의 헐떡이는 호흡과 살과 살이 부딪히는 소리만이 아무도 없는 고요한 숲속에 퍼져나갔다. 일을 끝낸 사냥꾼은 바닥에 누워 넋을 놓은 백설공주를 보고 차마 죽일 수 없었다. 이대로 버려두면 살아남지 못하리라 생각한 그는 공주를 숲에 두고 자리를 떠났다. 마침 숲에 노루 한 마리가 있어 대신 그 심장과 간을 왕비에게 바쳤다.

백설공주는 몸을 추스른 후 주변을 살펴보았다. 숲에는 나무가 울창했고 돌아가는 길은 찾을 수 없었다. 설령 돌아가도 왕비에게 죽임을 당할 운명이었다. 백설공주는 무작정 숲으로 걸어 들어갔다.

배고픔과 목마름을 참으며 걷던 백설공주는 산 아래 있는 널찍한 집 한 채를 발견하게 되었다. 백설공주가 조심스럽게 들어갔지만 주인은 보이지 않았고 식탁 위에 일곱 명분의 음식이 마련되어있는 것을 발견했다. 백설공주는 공주라는 체면도 망각한 채, 음식을 정신없이 집어 먹었다. 배를 한껏 채우자 몰려오는 피로감에 침실로 들어가 쓰러져 잠들었다.

해가 뉘엿뉘엿 지자 집 주인인 7형제가 돌아왔다. 형제는 누군가 집에 침입한 흔적에 굉장히 당황했다.

"누구지? 카펫에 흙먼지 묻은 신발로 다닌 사람이?"

"누구지? 우리 음식을 모조리 먹어버린 사람이?"

"누구지? 우리 침실에서 잠을 자는 사람이?"

막내가 자신의 침대에서 쿨쿨 잠든 백설공주를 보고 물었다.

형제들은 모두 침실로 와 백설공주를 보았다.

"아니 공주님이 아닌가? 어째서 공주님이 도둑처럼 들어온 거지?"

둘째가 어리둥절해서 물었다. 그러자 공주는 인기척에 깨었고 7형제가 자신을 바라보고 있다는 사실을 깨달았다.

"안녕하세요. 무례를 무릅쓰고 신세를 지게 되었습니다. 사냥꾼이 저를 납치하여 이곳 숲 한가운데 버려 목숨을 걸고 여기까지 왔습니다."

백설공주는 침착하게 설명했다.

"흥, 일개 사냥꾼이 혼자 공주를 납치할 리가. 듣자 하니 왕비가 공주의 미모에 질투를 느낀다고 했는데 계략을 써서 궁전에서 내쫓은 것이 분명하지."

"공주를 보니 그럴 만도 하군. 붉은 앵두 같은 입술에 눈꽃 같은 피부에 칠흑 같은 흑발을 지녔군."

"하지만 이를 어쩌지? 공주를 돌려보내자니 왕비에게 죽임을 당할 것이 뻔하고 여기 머무르게 하자니 우리를 안 좋게 소문내는 왕이 괘씸하군. 그 자식이라고 다를 게 없겠지."

형제는 백설공주를 두고 열띤 토론을 벌였다. 가만히 듣던 백설공주는 이곳에 있어야 살 수 있겠다는 생각에 7형제에게 자비를 빌었다.

"부탁드립니다. 저를 이곳에 머물 수 있게 해주세요. 공주의 몸이지만 집 청소를 하고 음식을 만들겠어요."

하지만 형제들은 콧방귀를 뀔 뿐이었다.

"훗, 우리는 너 같은 허약한 공주는 필요치 않아. 이곳은 광산을 드나들기 위한 거처일 뿐 우리에게는 너희 왕가에 필적하는 성과 수십 명의 하인이 있다."

"제발 저의 목숨을 살려주세요."

형제들은 의미심장한 표정으로 의견을 교환한 뒤 백설공주에게 말했다.

"그렇다면 우리 7형제의 아내가 되어라. 너의 아비인 왕이 세상 사람들에게 우리가 얼마나 못생기고 가난한지 거짓을 퍼트리는 통에 시집온다는 여자가 하나도 없구나. 하인들도 모두 남자뿐이야. 이는 모두 너의 아비의 잘못이니 네가 대신 갚아줘야겠다."

백설공주는 광산의 7형제를 바라보았다. 실제로 7형제는 왕의 말과는 달리 키는 이 산을 지탱할 수 있지 않을까 싶을 정도로 컸고 광산에서의 노동으로 근육은 바위와도 같았으며 얼굴은 대리석을 깎아 만든 조각상 같았다. 백설공주는 형제의 말을 따르기로 했다. 상황이 어떻든 살길은 그것밖에 없었기 때문이었다.

7형제를 따라 집을 나선 백설공주는 7형제가 사는 커다란 성에 도착했다. 거대한 바위산 중턱에 자리한 성은 궁전에 필적할 정도로 컸고 성벽은 산의 암석 그 자체였으며 성문은 아름드리나무보다도 높았다. 성에 도착하자 하인들이 백설공주를 반갑게 맞이하였으며 그녀를 위한 침실도 마련해 주었다.

"너는 이제 우리 형제의 아내이다. 네가 우선 할 일은 형제들의 밤일을 상대하는 것이야. 이곳 생활에 적응하기 시작하면 차츰 성의 안주인으로서 할 의무를 주마."

다음날 지체할 것 없이 7형제와 백설공주의 결혼식이 이루어졌다. 백설공주는 이 성 안의 유일한 여자였다. 그날부터 백설공주는 7형제와 번갈아 가며 잠자리를 하였다.

첫째는 형제 중 가장 덩치가 컸고 실질적인 리더였다. 하지만 덩치와는 다르게 부끄럼을 타는 듯했고 자신보다 한참 작은 백설공주를 안을 때 어찌할 줄 몰라 당황했다. 백설공주는 이 커다란 야수를 부드럽게 다루었고 이내 둘은 행복한 잠자리를 가질 수 있었다.

둘째는 실질적인 살림을 도맡아 했다. 광산의 수익, 이웃 나라와의 거래, 생산량 등을 관리했다. 도시에도 자주 방문하여 사회 경험이 많은 둘째는 여자 경험도 많은 듯 잠자리를 가질 때 자신이 이끄는 것을 선호했다. 유두를 간지럽히고 귀를 핥고 음부를 매만질 때마다 공주는 참을 수 없는 신음을 흘려댔고 둘째 또한 백설공주의 반응이 즐거워 언제나 적극적으로 잠자리를 가졌다.

셋째는 광산의 현장지휘를 담당했다. 7형제는 모두 뛰어난 광부였지만 일꾼들은 서툴고 사고가 잦았던 터라 셋째는 사람들을 돌보며 진두지휘하는 일을 맡았다. 그런 광산에서의 모습과 달리 그는 침실에서는 백설공주의 지배를 받길 원했다. 백설공주는 낮의 카리스마 넘치는 지휘관과 반대되는 귀여운 모습이 마음에 들었다. 셋째는 백설공주가 음경을 만져주는 것을 특히 좋아했고, 백설공주는 늘 새로운 방법으로 셋째를 자극해주려 시도했다.

넷째는 보석을 제일로 잘 캐는 광부였다. 언제나 감각적으로 가장 찬란한 보석을 발견하는 그는 굉장히 뛰어난 관찰력을 가지고 있었다. 하지만 잠자리 기술은 형제 중에 가장 떨어졌다. 아무리 잠자리를 가져도 넷째의 실력은 늘지 않았고 언제나 눈치를 보느라 바빴다. 노력해도 나아지지 않는 테크닉에 낙담했지만 백설공주는 형제를 평등하게 대하려 애썼고 넷째는 그런

배려심을 늘 고마워했다.

다섯째는 형제 중 노는 것을 가장 좋아했다. 여유만 생기면 광산을 떠나 사람들과 어울리는 것을 즐겼고, 그가 유일하게 형제들을 제치고 열의를 보이는 순간은 성에서 잔치를 벌일 때였다. 활달한 그의 최근 관심사는 백설공주와 시간을 보내는 거였다. 백설공주와의 잠자리도 좋아했지만 그보다도 어울려 노는 걸 더 재미있어했고 성 안 구석구석을 처음으로 소개해준 것도 다섯째였다.

여섯째는 광부의 아들로 태어나지 않았다면 서기관을 했을 정도로 기록하기를 좋아했다. 그는 광산의 모든 것을 기록하는 학자였다. 광산 지도로 산의 갱도를 탐색할 수 있었고 어느 위치에 어떤 광물이 나는지 기록으로 알 수 있었다. 하지만 소심한 탓에 백설공주가 먼저 방문을 두드리지 않는 이상 그녀를 부르는 일은 없었다. 그래도 그녀가 찾아가면 언제나 미소를 지으며 반가워했고 관계를 시작하면 언제 그랬냐는 듯이 적극적으로 달려들어 백설공주를 당황하게 한 적이 한두 번이 아니었다.

막내는 형제 중 유일한 십 대였고 가장 왜소했다. 하지만 작은 키와 마른 몸으로도 형들을 잘 따르며 도와주었고 그런 막내를 다들 아꼈다. 막내는 백설공주와 나이가 비슷한 탓에 말이 통했고 백설공주가 어려워하는 일이 있으면 먼저 눈치채고 도와주곤 했다. 착하고 성실한 막내는 몸집과 달리 형제 중 가장 큰 양물을 가지고 있었다. 백설공주는 막내의 바짓자락을 처음 내렸을 때 손목만큼 굵고 팔뚝만큼 긴 양물을 보고는 어찌할 줄 몰랐다. 하지만 배려심 넘치는 막내는 우악스럽게 관계를 하지 않았고 천천히 부드럽게 백설공주 안으로 들어갔다. 자신을 가득 채우는 막내를 안으며 백설공주는 가장 키가 막내한테서 가장 큰 존재감을 느꼈다.

백설공주는 차츰 성 안 생활에 적응하였고 해야 할 일도 찾아냈다. 형제들은 성의 관리에는 영 관심이 없었다. 어마어마한 재산과 으리으리한 외견과 달리 성 내부는 황량하고 불편하기 짝이 없었고 이런 탓에 이웃 나라의 귀족들도 한 번 방문하고는 다시 오기를 꺼렸다. 백설공주는 하인들과 함께 성을 관리하기 시작하였고 성은 금세 그 격에 맞는 아름답고 웅장한 모습을 갖추었다. 7형제는 이 모습에 크게 감동하였다. 자신들이 광산에서 캔 보석들로 이루어진 형형색색의 샹들리에를 볼 때면 자부심을 느꼈다.

그러던 어느 날 한 방물장수가 성문을 두들겼다. 백설공주는 성에서 보기 힘든 물건들을 보자 반가운 마음에 노파가 내미는 빗을 곧바로 머리에 꽂아보았다. 그러자 빗에 발라두었던 독이 온몸에 퍼지면서 백설공주는 쓰러졌고 노파는 이 모습을 보고 연기와 같이 사라졌다.

공주가 쓰러졌다는 소식에 7형제들은 단숨에 달려왔다. 형제가 공주의 머리에 꽂힌 빗을 떼고 성의 치료사가 독을 해독하자 다행히도 일어날 수 있었다.

"분명히 이것은 그 마녀 같은 왕비의 짓일 것이다. 공주가 살아있다는 사실을 알고 독살하려던 게 틀림없어."

"절대로 모르는 사람이 건네는 물건을 몸에 지니지 마시오."

형제들은 걱정하며 타일렀고 공주는 고개를 끄덕였다.

며칠 후 성에 음식을 나르는 상인들이 도착했고 백설공주는 음식들을 확인하기 위해 밖으로 나왔다. 그때 행렬 안에서 한 노파가 나와 새빨간 사과를 건넸다.

"저희 마을에서 수확한 보석과도 같은 사과입니다. 꼭 공주님께 이 사과를 바치고 싶었습니다."

백설공주가 탐스러운 사과를 받아들고 감복하며 한입 베어 물자 이내 쓰러졌다. 이 모습을 본 노파는 또 연기와 같이 사라졌다. 7형제들은 소식을 듣고 성으로 달려왔고 침대에 눕힌 백설공주가 어떤 해독제에도 깨어나지 않자 절망하였다. 그때 가장 백설공주를 주의 깊게 보던 막내가 목구멍으로 손가락을 집어넣어 사과 조각 하나를 빼냈다. 거친 기침을 하며 백설공주가 깨어나자 형제들은 환호했고 공주는 걱정을 끼쳤다는 생각에 미안했다.

"죄송해요. 성에 들어오는 음식을 확인하다가 그만 이렇게 되었네요."

"이것은 그 마녀의 계략임이 틀림없소. 감히 우리 부인에게 해를 끼칠 생각을 하다니. 자식의 안위를 살피지 않는 왕과 그 왕국과는 상종도 하지 않을 것이다."

형제들은 왕국과의 마지막 거래창구까지 끊어버렸다. 철을 공급받지 못한 왕국은 당장 군사력에 큰 해를 입게 되었고 군대를 이끌고 형제들에게 전쟁을 선포했다. 하지만 암벽으로 이루어진 광산의 성은 그 어떤 군대로도 함락당하지 않았고 결국 무기로 성벽을 두드리던 왕국의 군대는 모든 무기가 망가지자 후퇴할 수밖에 없었다.

그 전쟁은 왕국의 운명을 바꾸었다. 왕국이 패퇴하고 무기가 망가졌다는 소식에 원한을 갖고 있던 이웃 나라들이 결탁하여 왕국을 무너뜨렸고 왕은 자신의 궁전에서 목이 매달렸던 것이다. 왕비는 가까스로 궁전을 탈출할 수 있었지만, 적군으로 둘러싸인 왕국에서 갈 곳이 없었고 결국 광산의 성으로 도망오게 되었다.

"대륙 최고의 미녀인 나의 딸 백설공주야, 내 목숨을 살려줄 수 있겠니."

하지만 백설공주는 성벽에서 마녀를 차갑게 내려다보며 눈짓으로 하인에게 명령을 내릴 뿐이었다. 하인들은 불에 달군

강철 구두를 마녀에게 신겼다. 마녀는 벗을 수 없는 강철 구두를 신고 발이 타들어 가는 고통에 춤추듯 몸부림치다 결국 죽고야 말았다.

마녀가 죽고 난 후 어느 날, 이웃 나라의 왕자가 광산의 성문을 두드렸다.

"백설공주여, 그대를 만나러 왔소."

백설공주는 왕자의 모습을 보자 그 옛날 궁전에서 핍박당할 때 자신을 딱하게 쳐다보던 왕자임이 기억났다.

"공주여, 그대가 난쟁이들의 광산에 갇혔다는 소식에 내가 구해주러 왔소."

백설공주는 어이가 없어 왕자를 바라보았다.

"가난하고 힘없는 이웃 나라의 왕자님, 제가 구출 받아야 할 것처럼 보이나요?"

"그… 그렇군. 살아있어 다행이오. 하지만 거친 난쟁이들의 거처에 힘들게 있을 필요는 없소. 내가 데리러 왔소."

백설공주는 더더욱 차가운 얼굴로 왕자를 보았다. 때마침 7형제가 들어왔고 백설공주는 남편들의 품에 안겨 왕자에게 말했다.

"당신의 그 오만함은 상대할 가치도 느껴지지 않는군요. 가장 힘들었던 때는 힘이 없어 본척만척하더니, 만만하다고 알려진 이곳에 제가 있다니까 이제야 나타나나요? 이분들이 못생긴 난쟁이라고 알려진 사람들입니다. 나의 남편들은 당신보다 키도 크고 더 잘생겼으며 더 부유하고 더 강합니다. 그 어떤 군대도 막을 성이 있어서 저를 지켜줄 수도 있답니다. 당신은 이들보다 못났고 힘도 없으니 그만 돌아가길 바랍니다."

왕자는 자신의 신분만 믿고 이곳을 찾아온 것을 후회하며 터벅터벅 돌아갈 수밖에 없었다.

노래하는 뼈

현명한 임금이 아름다운 왕비와 함께 나라를 다스리고 있었다. 임금은 평민 출신으로 백성들을 공포에 몰아넣은 사나운 멧돼지가 나타났을 때 그 멧돼지를 잡은 용맹한 사냥꾼이었다. 나라와 백성을 구한 포상으로 공주와 결혼해 지금의 왕이 된 것이다. 임금은 평민들의 고단한 삶을 이해했고, 그들을 어떻게 도와야 할지도 잘 알고 있었다. 백성들은 현명한 임금과 아름다운 왕비를 무척이나 사랑했다. 나라는 평화로웠다. 아니, 평화로웠었다.

평민들은 임금의 후원 아래 고단한 삶을 극복하자 신분 상승을 원했다. 평민 출신이 왕이 되었으니, 자신들에게 유리한 환경이 만들어졌다고 믿었다. 귀족들은 평민의 목소리가 커지자 위협을 느꼈다. 자신들의 지위를 공고하게 만들기 위해 평민에게 유리한 정책은 반대하고 불리한 정책을 밀어붙이기 시작했다. 현명한 임금과 아름다운 왕비라도 모두를 만족시킬 수는 없는 법. 왕은 혼란에 휩싸여 어떤 쪽도 선택하지 못했고, 왕의 혼란은 곧 왕국의 혼란으로 번졌다.

평민들은 반란을 일으키기 직전이었고, 귀족들은 군사를 정비하기 시작했다. 왕국의 모든 국민이 불안함을 느끼기 시작했을 때 한 목동이 왕을 찾아왔다. 목동은 양 떼를 몰고 다리를 건너다가 강가에서 노래하는 뼈를 찾아냈다며, 혼란한 정국 속 왕에게 위로가 되기를 바라며 이 진귀한 물건을 바치기 위해 왕궁에 왔다고 고했다. 목동이 꺼낸 것은 하얗고 작은 뼛조각이었다.

"어찌나 눈처럼 새하얀지, 보자마자 제 나팔의 주둥이로 써야겠다고 생각했습니다. 그런데 이것을 끼워 불자 갑자기 뼈가 제 마음대로 노래를 부르기 시작하는 게 아니겠습니까?"

목동이 보란 듯 나팔을 불자, 뼈가 임금 앞에서 노래하기 시작했다.

"스스로 빛을 내지 못하는 별이 완전한 원이 될 때,
가장 찬란한 왕국의 별이 선택을 받으리라.
별은 스스로의 찬란함과 아름다움을 발하나,
이를 선택하는 사람에게는 불의가 깃들리라.

불의를 걷어내면 새로운 정의가 드리울 것이오,
불의를 찾지 못하면 낡은 정의가 지배하리라.

왕국의 별은 모두가 알고 있으며, 또 아무도 모르는 이가
되리라.
별의 찬란함과 아름다움은 저주가 아닌 숙명이니,
별이 원하는 사람이 정의가 될 것이오,
별이 생각한 불의를 걷어내게 되리라.
발버둥 친다 한들 운명이 이끄는 대로 따라가리라."

뼈의 노래를 들은 왕의 눈이 휘둥그레졌다.

"정말 진귀한 물건이로구나."

"그렇지요? 이 노래하는 뼈를 임금님께 바치겠습니다."

노래하는 뼈에 흥미가 동한 임금이 목동에게 물었다.

"자네는 이 뼈의 노래가 무엇을 뜻하는 것 같은가?"

"일자무식 무지렁이인 제가 뭘 알겠습니까. 그저 신기한 마
음에 이 뼈를 바치러 왔을 뿐입니다."

목동은 그저 이것은 사람의 뼈 같고 죽은 지 꽤 오래된 것 같
다고 말을 더했다. 왕은 목동을 물리고는 그날부터 밤낮으로
뼈의 노래를 들었다. 뼈의 노래는 왕궁에만 머물지 않고, 왕국
전역으로 널리 널리 퍼졌다.

이 노래를 듣자마자 평민들은 지도자를 세워 반란을 일으켰고, 귀족들은 한데 뭉쳐 군대를 일으켰다. 마침내 스스로 빛을 내지 못하는 별, 즉 달이 완전한 원이 되는 날이 다가왔다. 평민들은 찬란하고 아름다운 별이 자신들을 이끌 진짜 지도자라고 생각했고, 불의는 지금의 왕이니 왕을 죽여야 한다고 말했다. 귀족들은 왕이 즉위했을 당시를 생각하며 그때가 완전한 달이 떴던 날이었다며, 지금의 왕은 출신 자체가 불의라고 생각했다. 이를 걷어내고 정의를 바로 세우기 위해 왕을 폐위시켜야 한다고 했다.

평민들의 반란군과 귀족들의 군대가 왕궁을 향해 진군을 시작했다. 왕은 도망칠 생각도 하지 않고 멍하니 노래하는 뼈만 만지작거리고 있었다. 왕비는 왕을 걱정하며 도망치거나 귀족에게 왕위를 넘기고 목숨을 구하자고 설득하고 있었다. 왕은 뼈의 노래에 홀린 듯 혼자 중얼거리기 시작했다.

"가장 찬란하고 아름다운 별이 왕위라니 멍청한 것들… 그건 왕비 당신이오."

"전하…."

갑작스러운 왕의 말에 왕비는 걱정이 일었다. 어떻게든 후일을 도모해야 할 판에 모든 것을 포기한 사람처럼 보였다.

"그 별을 내가 선택했으니 내가 불의한 것은 맞긴 하구려."

"그렇지 않습니다! 이토록 현명한 전하가 불의라니요!"

"나는… 그저 동생의 생각을 따라 했을 뿐이요."

"그게 무슨…?"

"그 옛날 폐하께서 멧돼지를 잡아오라 명하셨을 때, 그 멧돼지를 잡은 것은 사실 동생이었소. 그리고 동생은 이 뼈가 발견된 냇가에서 내가 죽였지. 모두 그대를 사랑해서 그랬소."

왕비는 충격에 말을 잇지 못했다. 자신의 사랑과 왕의 어질고 현명했던 행동들을 생각하며, 오히려 지금의 왕이었기 때문에 가능한 일들이 아니었을까 생각했다. 혼란에 휩싸인 왕비를 보며 왕이 물었다.

"노래를 들어보면 그대에게 선택권이 있는 것 같소. 나는 그대가 어떤 선택을 하던 동생에게 속죄하는 마음으로 받아들이리다. 자, 왕비. 불의는 누구요? 동생을 죽이고 왕위를 가진 나요? 고단한 삶을 해결해줬더니 반기를 드는 평민들이요? 자신들의 욕심에 왕위를 찬탈하고자 하는 귀족들이요?"

왕비는 심한 배신감을 느꼈다. 목숨이 달린 이런 절체절명의 순간에 자신에게 모든 결정을 미루고 회피하다니… 자신이 사랑했던 사람이 동생을 죽인 살인자요 아내를 속인 사기꾼이라니…. 갑자기 뼈의 노래에서 유독 하나의 구절이 머릿속을 맴돌았다.

별이 원하는 사람이 정의가 될 것이오,

별이 생각한 불의를 걷어내게 되리라.

　그 구절을 반복하던 왕비는 처연한 눈으로 자신을 바라보는
왕을 마주보았다.

　"이때까지 나를 기만한 대가를 치르세요."

　왕은 무언가 말하려 했지만, 왕비의 비녀가 심장을 파고들
어 아무 말도 하지 못했다. 둘은 진정한 사랑을 나누었지만, 배
신과 오해로 뒤덮인 이별에는 그동안의 사랑보다 큰 잔인함이
흘렀다. 왕비는 죽어가는 왕을 바라보며 마음을 독하게 먹고
는 왕좌로 올라가 앉았다. 왕국의 별인 자신이 이 왕국을 제자
리로 돌려놓으리라. 잠시 생각에 잠겼던 왕비는 곧바로 왕위를
지키기 위해 작전을 펼쳤다.

　앞뒤로 쳐들어오는 평민들과 귀족들에게 거짓으로 정보를
흘려 왕이 상대방에게 항복했다고 믿게 했다. 곧 양쪽의 군대
는 서로 맞부딪혔고, 승기를 잡은 한쪽의 군대를 근위대로 말
살시켰다. 패배한 다른 한쪽의 군대도 마찬가지로 말살시켰다.

　그 후 믿었던 백성과 신하들 그리고 왕에게도 모두에게 배신
감을 느낀 왕비는 피의 정치를 시작했고, 어진 임금과 아름다
운 왕비가 다스렸던 평온한 나라는 두려움이 가득한 나라가 되
었다.

사랑하는 롤란트

새파란 새벽, 자욱한 안개를 헤치고 처녀는 사랑하는 롤란트의 집 앞에 도착했다. 처녀는 무척이나 겁에 질려 있었다. 무엇에 쫓기는 듯 자꾸만 뒤를 돌아보며 방문을 두드리자, 밖으로 나온 롤란트가 덜덜 떨고 있는 처녀의 어깨를 붙들었다.

　"무슨 일이오?"

　"어서 도망가야 해요, 어서요."

　절박한 처녀가 걱정된 롤란트는 그녀를 방 안으로 들였다. 롤란트가 내온 차를 마시며 몸을 녹인 처녀는 떨리는 손을 부여잡고 이야기를 들려주었다.

　못된 마녀에게는 딸이 둘이 있었다. 하나는 못생기고 마음씨가 나쁘지만 친딸인 동생이었고, 하나는 아름답고 마음씨가 곱지만, 의붓딸인 언니였다. 마녀는 의붓딸인 처녀를 미워했다. 매일 새벽에 물을 긷고, 목욕물을 데우고, 굴뚝 먼지를 청소하고, 카펫을 털고, 장작을 패고, 그릇을 닦고, 빨래를 너는 일은 모두 처녀의 몫이었다. 처녀는 마녀와 동생의 눈치 아래 집안일을 하며 근근이 살아갔는데, 욕심 많은 동생은 그녀가 가진 것이라면 무엇이든 뺏고 싶어 했다. 심지어는 처녀가 두른 앞치마까지도 탐을 내기 시작했다. 처녀는 다락방 청소를 하면서 동생과 마녀가 나누는 대화를 우연히 듣게 되었다.

"걱정하지 마라. 곧 갖게 해줄 테니까. 저 아이는 오래전에 죽어야 마땅했어. 오늘 밤 저 아이가 잠들었을 때 내가 머리를 자르겠다. 그러니 꼭 네가 침대 안쪽에 누워 저 아이를 앞으로 밀어내야 한다."

처녀는 그날 온종일 공포에 질려 몸을 떨었다. 그녀는 사랑하는 롤란트의 얼굴을 떠올리며 이 위기를 어떻게 헤쳐나갈지 고민했다. 잠자리에 들 시간이 되자 동생이 먼저 침대에 올라가 안쪽 자리를 차지했다. 처녀는 동생이 잠에 곯아떨어질 때까지 기다렸다가, 동생을 슬며시 바깥쪽으로 밀어내고 벽에 바짝 붙어 누웠다. 거세게 뛰는 심장이 처녀의 온몸을 뒤흔들었다. 그렇게 얼마나 누워있었을까, 조용히 나무문이 열리더니 마녀가 방으로 들어왔다. 마녀의 오른손에 들린 도끼가 새파랗게 빛나고 있었다. 처녀는 자신도 모르게 침을 꼴깍 삼켰다. 침대 바깥쪽에 사람이 누워있는지 알아보기 위해 마녀가 왼손으로 이불 위를 더듬었다. 그런 다음 두 손으로 도끼를 단단히 움켜쥐더니 자기 딸의 머리를 사정없이 내리쳤다. 처녀는 마녀가 동생의 목을 자르는 것을 똑똑히 지켜보았다. 동생을 밀지 않았더라면, 지금쯤 자신의 목이 잘렸을 테지.

처녀는 마녀가 방을 나가자마자 작은 창을 열고 도망쳤다. 맨발로 나뭇가지를 밟으며 처녀가 향한 곳은 사랑하는 롤란트의 집 앞이었다.

"롤란트, 날이 밝아오는 게 두려워요. 해가 뜬 다음 모든 일을 알고 나면 분명 나를 해치려 들 거예요."

롤란트는 처녀를 안아주었다.

"같이 도망칩시다. 그 여자의 마술 지팡이를 가져간다면 우리를 쫓아오지 못할 거예요."

처녀는 롤란트와 함께 도망치면서 마녀의 마술 지팡이와 죽은 동생의 머리를 훔쳐냈다. 처녀의 손이 떨리는 바람에 머리에서 떨어진 피가 침대 앞에 한 방울, 부엌에 한 방울, 계단에 한 방울 떨어졌다. 두 사람은 핏자국도 닦지 못한 채 허둥지둥 달아났다.

다음 날 자리에서 일어난 마녀가 딸을 불렀다.

"아가, 드니어 쓸 보기 싫은 그 아이를 없앴단다. 이제 모두

네 거야."

마녀는 딸을 찾았지만 아무 대답이 없었다. 그러자 마녀가 소리쳤다.

"애야, 어디 있니?"

"여기예요! 계단에서 청소하는 중이에요."

핏방울 하나가 대답했다. 마녀가 밖으로 나가 보았지만, 계단에는 아무도 없었다. 의아해진 마녀가 다시 소리쳤다.

"애야, 어디 있니?"

"여기예요! 부엌에서 정리하고 있는 중이에요!"

두 번째 핏방울이 대답했다. 역시 부엌에는 아무도 없었다. 마녀는 딸이 분명 장난을 친다고 생각했다. 딸이 계단을 청소하고 부엌일을 할 리가 없었기 때문이다. 마녀가 다시 한번 외쳤다.

"애야, 어디 있니?"

"여기예요! 침대에서 자는 중이에요!"

세 번째 핏방울이 대답했다. 마녀는 방으로 들어가 침대에 다가갔다. 마녀가 웃으며 이불을 걷자, 그곳에는 피범벅이 된 채 누워있는 친딸의 몸뚱이가 있었다. 마녀는 비명을 지르며 뒤로 자빠졌다. 어젯밤, 자기 손으로 친딸의 머리를 잘라냈다는 것을 알게 된 마녀는 화가 머리끝까지 치밀었다. 작은 창문으로 달려가 아래를 살펴보자, 처녀가 맨발로 도망친 발자국이 남아있었다. 마녀는 눈을 크게 뜨고 발자취를 쫓았다. 남자와 달아나고 있는 의붓딸의 뒷모습이 보일 때까지.

"기를 쓰고 달아나도 내 손아귀에서 빠져나가지 못해!"

정신없이 도망가던 처녀와 롤란트는 막다른 길에 몰렸다. 마녀가 도끼를 들고 천천히 거리를 좁혀왔다.

"어리석은 년, 사랑하는 남자만 있으면 두려울 게 없다고 생각하지?"

처녀와 롤란트가 서로를 붙들어 안았다. 더는 도망칠만한 곳이 없었다.

"그 사랑이 영원할 거라고 믿고 있지?"

마녀가 허공에 도끼를 휘두르자 그 바람이 처녀의 목에 와 닿았다. 처녀는 비명을 지르며 자빠졌다.

"내가 왜 마녀가 됐을 것으로 생각하니? 무엇 때문에 홀로 딸을 둘이나 키우고 있었을 것 같냔 말이야!"

그때 롤란트가 용기를 내어 마녀에게 달려들었다. 롤란트와 부딪힌 마녀가 도끼를 떨어뜨렸고, 롤란트는 그 틈을 타 마녀의 사지를 붙들었다.

"어서 마녀의 목을 베어!"

처녀가 울면서 고개를 저었다.

"저는 못 해요, 저는 못 해요."

롤란트가 소리쳤나.

"어서!"

처녀가 울부짖으며 도끼를 들었다. 눈을 꽉 감고 도끼를 내려찍자, 고기와 뼈를 자르는 감촉이 처녀의 팔을 타고 올라왔다. 처녀가 찢어질 듯 소리 질렀다. 놀란 새들이 하늘로 날아갔고, 숲에는 정적만이 흘렀다. 롤란트가 숨을 몰아쉬며 자리에서 일어났다.

"꼴좋다!"

롤란트가 마녀의 머리를 세게 걷어찼다. 눈을 뜨고 죽은 마녀의 머리가 아래로 굴러떨어졌다. 처녀는 울었고, 롤란트는 웃었다. 숨을 돌리게 되자 롤란트가 말했다.

"이제 우리 아버지 앞에 가서 결혼식을 올리도록 합시다. 내가 가서 허락을 받아오겠소."

처녀는 몇 번이고 일어서려고 했지만, 다리에 힘이 들어가지 않아 번번이 실패했다. 핼쑥해진 얼굴로 처녀가 말했다.

"다녀오세요. 저는 여기서 당신을 기다리고 있을게요."

"금방 다녀오겠소."

처녀는 도끼와 마녀의 몸뚱이 곁에서 롤란트를 기다렸다. 하지만 하루가 지나고, 이틀이 지날 때까지 롤란트는 돌아오지 않았다. 처녀는 롤란트에게 행여 무슨 일이 생긴 것은 아닌지, 그의 안위를 위해 하늘에 기도를 올렸다.

그러는 사이 처녀의 배가 불러갔다. 헛구역질이 계속되었고 자꾸만 허기가 졌다. 롤란트의 아이를 가진 게 분명했다. 처녀는 기쁨에 겨워 어서 이 소식을 롤란트에게 들려주고 싶었다. 낮의 더위와 밤의 추위를 견디며 아흐레를 보내자 처녀는 드디어 일어날 수 있게 되었다. 처녀는 절뚝이며 숲을 나가 마을로 향했다. 마을에선 잔치가 한창 열리고 있었다. 처녀는 지나가던 마을 사람에게 무슨 잔치가 열리고 있는지 물었다.

"롤란트의 결혼 잔치가 열리고 있는 거라오."

처녀는 자신의 귀를 의심했다. 결혼 허락을 받아오겠다던 롤란트가 돌아오지 않은 지 아흐레, 자신을 빼놓고 결혼 잔치가 열리고 있을 리 없었다. 처녀가 더듬거리며 마을의 주변부로 향하자, 사람들이 웅성거리는 소리와 함께 주례사가 들리기 시작했다. 카펫 위에는 예복을 갖춰 입은 롤란트와 드레스를 입은 낯선 여자가 서 있었다.

"나 롤란트는 아내만을 사랑할 것을 맹세합니다."

롤란트의 맹세를 들은 처녀의 심장이 철렁 내려앉았다. 롤란트는 낯선 여자를 더없이 사랑스러운 눈길로 바라보고 있었다. 낯선 여자의 손가락에, 처녀가 끼기로 했던 반지가 끼워져 있었다. 이어서 롤란트는 마녀에게 훔쳐낸 마술 지팡이를 추켜들었고 마술의 힘이 신혼부부를 축복하면서 결혼식이 끝났다. 황망해진 처녀는 롤란트와 낯선 여자가 신혼집으로 향하는 것을 보고도 그 자리를 뜨지 못했다. 처녀가 자신의 부른 배를 쓰다듬었다. 롤란트는 그저 저 마술 지팡이를 위해 그녀를 이용한 것에 불과했다. 한순간이라도 롤란트를 지옥 같은 삶의 구원자라고 생각했던 것에 치를 떨었다. 처녀는 롤란트를 위해서 모든 것을 버리고 도망칠 준비가 되어있었는데도.

그날 밤 조용히 신혼집의 나무문이 열렸다. 침대 위에는 알몸인 채로 서로를 끌어안고 잠든 롤란트와 낯선 여자가 있었다. 처녀는 자신도 모르게 침을 꼴깍 삼켰다. 처녀의 오른손에는 새파랗게 빛나는 도끼가 들려있었다. 침대 바깥쪽에 사람이 누워있는지 알아보기 위해 처녀가 왼손으로 이불 위를 더듬었다. 그런 다음 두 손으로 도끼를 단단히 움켜쥔 처녀는 롤란트의 머리를 사정없이 내리쳤다. 피범벅이 된 이불 앞에 선 처녀가 허탈하게 웃었다. 방 한쪽에 고이 둔 마술 지팡이를 찾아 들었고 처녀가 자신의 배를 매만지며 뱃속의 자식에게 속삭였다.

"내가 왜 마녀가 되었다고 생각하니?"

빨간 구두

어느 산골 마을에 가난한 소녀 카렌이 홀어머니와 함께 살고 있었다. 카렌의 어머니는 건강이 매우 좋지 않아 밖에 나가지 못할 정도였다. 카렌은 항상 몸에 좋다는 약초를 캐거나, 마을 의사를 부를 돈을 구하기 위해 막일을 했다. 카렌은 효심이 지극해서 불평 한마디 없이 어머니를 모셨지만, 어머니는 병을 이기지 못하고 세상을 떠났다.

어머니의 장례식날, 하염없이 울고 있는 카렌을 가엾이 여긴 한 노파가 빨간 구두를 선물해주었다. 그동안 병수발하느라 제대로 꾸며보지도 못한 카렌을 위해 준비한 것이었다. 힘겹게 장례를 치르고 나자 카렌은 그냥 쉬고 싶다는 생각뿐이었다. 집으로 돌아온 카렌은 텅 빈 집에서 공허함과 냉기를 느꼈디. 그때 문득 선물 받은 빨간 구두가 생각났고, 바로 신어보았다.

"어머나, 예쁘네⋯."

카렌은 구두가 너무나 마음에 들어 다음날 빨간 구두를 신고 마을로 갔다. 난생처음으로 예쁘게 입고 외출한 것이었다. 카렌이 마을에 들어서자, 마을 청년들이 말을 걸어왔다. 이 또한 처음 있는 일이었다.

"이야~ 이게 누구야? 카렌 아니야? 완전 몰라보겠는데?"

"와, 난 몰라봤다. 엄청 예뻐졌네!"

카렌은 부끄럼을 타며 대답도 제대로 못 하고 집으로 돌아왔다. 카렌은 거울에 자신의 모습을 비춰보며 마을에서 있었던 일을 생각했다.

"그렇게 예뻤나?"

카렌은 반신반의하면서도 입가에 미소가 지어지는 것을 멈출 수가 없었다. 다음날도 카렌은 빨간 구두를 신고 마을에 갔다. 그날도 칭찬을 잔뜩 듣고 온 카렌은 더 많은 관심을 받고 싶단 욕심이 생겼다. 카렌은 계속해서 빨간 구두를 신고 과시하듯 돌아다녔다. 그러다 마을에서 파는 예쁜 구두를 보았다. 다른 구두도 신어보고 싶던 카렌은 그 구두를 사서 신고 마을에 나가보았다.

"톰! 안녕? 오늘도 일하러 가니?"

"어, 카렌, 안녕! 오늘은 좀 바쁘네. 나중에 얘기해!"

"존, 안녕. 잘 잤니?"

"안녕. 나 좀 바빠서, 나중에 보자."

왠지 모르게 냉담해진 반응에 카렌은 크게 상심했다. 곰곰이 생각해보던 카렌은 다시 빨간 구두를 신고 나갔고 이번에는 마을 사람들이 모두 반갑게 인사했다. 그때부터 카렌은 어디를 가든 빨간 구두를 절대 벗지 않았다. 약초를 캐러 갈 때도, 마을에 물건을 사러 갈 때도 꼭 빨간 구두를 신었다. 심지어는 마을 사람 중 한 명이 죽어 장례식이 열렸을 때도 빨간 구두를 신고 갔다. 사람들은 여전히 빨간 구두를 신은 카렌에게 살갑게 대했지만, 우려를 표하기도 했다.

"카렌, 그래도 장례식장인데 빨간 구두를 신으면 예의에 어긋나지 않겠니?"

"상관하지 마세요. 전 이 구두 말고 다른 신발은 전부 버렸어요. 맨발로 올 수는 없지 않겠어요?"

장례식뿐만 아니라 교회 미사에 갈 때도 여전히 빨간 구두를 신고 갔다.

"카렌, 미사에는 빨간색 구두를 신고 오면 안 된단다."

"왜요? 신께서도 예쁜 모습을 보면 좋은 거 아닌가요?"

카렌은 마을 사람들의 말을 신경 쓰지 않고 계속 빨간 구두를 신었다. 빨간 구두는 높은 힐이었기 때문에, 오랜 시간 신으면 발이 퉁퉁 부었다. 하지만 카렌은 아파도 굴하지 않고 계속 빨간 구두만 고집했고 빌의 동승은 커져만 갔다.

그런 카렌을 보며 마을 사람들은 카렌이 어머니를 여의더니 미친 것 같다며 수군거리기 시작했다. 카렌은 우연히 쑥덕거리는 소리를 듣고 배신감과 증오의 마음이 생겨나기 시작했다.

'그동안 상대도 안 해준 것들이 누굴 욕해? 나 혼자 아픈 어머니 먹여 살릴 때는 거들떠보지도 않은 것들이 고작 빨간 구두 하나 신었다고 아는 체했으면서!'

그렇게 증오의 마음을 품으면서도 카렌은 계속해서 빨간 구두를 신고 마을을 돌아다녔다. 자신에게 인사하는 사람들에게는 웃으며 친절하게 대하면서 몰래 수군거리는 사람들을 찾아다니기 시작했다. 최대한 집중해서 누가 무슨 말을 하는지 주의 깊게 들었다.

"카렌 좀 이상하지 않아?"

"빨간 구두에 왜 이리 집착하지?"

"근데 왜 맨날 저러고 돌아다니는 거야? 어머니 여의고 나서 좀 미쳤나?"

마을 사람들의 말에는 카렌을 향한 시기도 있고 비아냥도 있었다. 그리고 특별한 이유 없이 덩달아 욕하는 사람도 많았다. 카렌은 자신을 진심으로 아껴주는 사람을 찾고 싶어 매일매일 마을을 돌아다녔지만, 그녀가 듣는 말은 전부 욕하거나, 시샘하는 것뿐이었다. 그런 말을 들으면 들을수록 카렌은 마을 사람들에 대한 증오가 점점 자라났다.

그날도 카렌은 빨간 구두를 신고 마을을 거닐고 있었다. 톰과 존은 카렌이 지나간 것을 확인하고는 험담을 시작했다.

"카렌은 언제까지 저러고 돌아다닐까?"

"그러게 말이야. 요즘 하는 짓을 보면 소름이 쫙 끼쳐."

카렌은 지나가는 척하면서 그 둘의 말에 귀를 기울이고 있었다. 카렌이 듣고 있다는 것을 모르는 톰은 이야기를 계속했다.

"몸매는 완전 내 스타일인데 말 걸기가 무서워."

"야, 스타일은 무슨! 미친 애랑 엮이면 너만 피곤해."

얘기를 나누던 톰과 존은 이상한 기분이 들어 뒤를 돌아보았다. 거기에는 카렌이 아무런 감정이 없는 눈으로 서 있었다.

"으악! 카렌! 뭐 하는 거야? 놀랐잖아."

"톰, 내가 예뻐?"

톰은 갑자기 무감정한 얼굴로 예쁘다고 물어보는 카렌이 무서웠지만, 존과 얘기한 것을 들었을까 싶어 얼른 대답했다.

"당연하지!"

대답을 들은 카렌은 갑자기 빨간 구두를 벗어 뾰족한 뒷굽으로 톰의 얼굴을 마구 치기 시작했다. 카렌이 광기에 젖어 톰의 얼굴을 마구 때리자, 톰의 입술이 터지고 볼이 찢어지기 시작했다. 옆에서 보고 있던 존은 당황해 어쩔 줄 몰라 하다가 간신히 정신을 차리고 카렌을 말리기 시작했다.

"카렌, 뭐 하는 기야! 제발 멈춰!"

"존, 내가 이상해?"

"무슨 소리야, 지금 톰을 이렇게 패놓고! 미쳤어?"

카렌은 톰을 때리는 것을 멈추고 존을 보고 살포시 웃더니, 반대쪽 구두를 벗어서 날카로운 뒷굽으로 존의 눈을 찍었다.

"으아악!"

존이 한쪽 눈을 잡고 고통스러워하자 카렌은 다시 반대쪽 눈을 찍었다. 카렌은 광기에 젖어 톰의 입을 찢어버리고 존의 눈을 전부 터뜨리고는 집으로 돌아갔다. 마을 사람들은 피를 흘리며 쓰러져 있던 톰과 존을 데리고 돌아갔다. 둘 다 정신을 잃은 터라 마을 사람들은 무슨 일이 있었는지 알지 못했다.

다음날부터 카렌은 피에 젖은 빨간 구두를 신고 마을을 돌아다니며 만나는 남자마다 자신이 예쁘냐고 물어봤다. 마을의 남자들이 예쁘다고 하면 눈을 터뜨리고 예쁘지 않다고 하면 입을 찢었다. 카렌은 행동은 마을에 사는 모든 남자의 눈을 터뜨리고 입을 찢을 때까지 멈추지 않았다.

"이깟 빨간 구두가 뭐라고. 여기에 휘둘리는 남자 놈들 따위, 내 쪽에서 거절하겠어."

카렌은 잠시 자신이 입을 찢고 눈을 터뜨린 남자들을 생각한 뒤 미소를 지었다.

"쓰레기 같은 남자들은 이 세상에서 살 가치가 없어. 쓰레기는 내가 직접 버려주지."

신데렐라

세 여자는 확신할 수 있었다. 지금 왕자와 춤을 추고 있는 저 여자는 재투성이 막내딸 신데렐라라고. 푸른 드레스를 입고 유리구두를 신은 신데렐라는 무척이나 아름다웠다. 걸레를 기워 만든 두건과 먼지가 엉킨 앞치마에 가려져 있던 미모가 빛나는 순간이었다. 다락방에 가둬놓았던 신데렐라가 어떻게 이 무도회에 왔을까? 저 드레스와 구두는 어디서 났을까? 그런 사소한 문제보다도 세 여자를 절망하게 만든 것은 신데렐라를 바라보는 왕자의 표정이었다. 사랑에 빠진 남자의 얼굴. 우리가 무슨 짓을 해도 저 얼굴만은 어쩔 수가 없겠구나.

　산들바람에 흔들리는 장미 덩굴 밑에서 왕자와 신데렐라는 손을 맞잡고 서로를 바라보았다.

　"당신은 누구십니까?"

신데렐라는 고개를 저었다.

"당신은 어디에서 왔습니까?"

신데렐라는 고개를 저었다. 왕자는 애타는 눈길로 신데렐라를 바라보았다. 왕자의 마음은 이미 정해진 듯했다. 어떤 나라의 공주가 온다 해도 신데렐라 이상으로 아름다울 순 없으리라. 왕자는 신데렐라와 마음이 통하고 있다는 걸 알 수 있었다.

"다음번 무도회에서 당신을 다시 볼 수 있겠습니까?"

고개를 끄덕인 신데렐라가 왕자의 손등에 짧은 키스를 남겼다. 푸른 드레스 자락을 가볍게 들고 인사한 신데렐라가 뒤로 돌아 천천히 궁전의 계단을 내려갔다. 유리구두의 뒷굽이 대리석 계단과 부딪히는 소리가 맑게 울려 퍼졌다.

"일찍 오셨네요."

문을 열자 마법이 풀린 것처럼 다시 재투성이가 된 신데렐라가 빗자루를 들고 서 있었다. 어머니는 똑똑히 기억했다. 치장할 장신구와 드레스가 없는 재투성이 하녀를 왕자의 무도회에 데려갈 수 없으니 방에서 나오지 말라고 한 것을. 첫째가 문고리에 빗자루를 걸어 문을 잠갔고, 둘째가 다락방의 창문에 날카로운 가시를 흘려놓았다. 그런데 신데렐라는 어떻게 방에서 나와 무도회까지 온 것일까? 그 푸른 드레스와 유리구두는 어디서 난 것일까? 세 여자의 얼굴에 시기와 질투가 피어올랐다.

"우리가 무도회에 다녀올 동안 무얼 하고 있었니?"

첫째가 물었다.

"벽난로를 치우고, 거실의 먼지를 털고, 부엌의 접시를 닦았어요."

벽난로의 재는 모두 치워져 있었고, 거실은 말끔했으며, 접시는 물기 하나 없이 깨끗했다. 이를 확인한 첫째가 씩씩대자 둘째가 물었다.

"네 방에선 어떻게 나온 거니?"

"큰 창문에서 바람이 불어왔어요. 뭔가 쓰러지는 소리가 들렸는데, 문을 여니 빗자루가 있더라고요."

신데렐라의 말대로 큰 창문이 열려있었고, 불어온 바람이 실어온 흙먼지가 다락을 굴러다녔다. 이를 확인한 둘째가 씩씩대자 어머니가 물었다.

"그럼 이 드레스와 구두는 어디서 났지?"

다락방 서랍을 뒤진 어머니의 손에 푸른 드레스와 유리구두가 들려있었다. 얼굴이 하얗게 질린 신데렐라가 드레스와 구두를 빼앗으려고 달려들자 두 언니가 신데렐라를 붙잡았다.

"내가 도둑년을 기르고 있었구나!"

"훔친 게 아니에요, 훔친 게 아니에요!"

머리채를 붙들린 신데렐라가 울먹이며 소리쳤다.

"도둑년, 왕자님을 훔쳐 간 도둑년!"

발버둥 치는 신데렐라의 입에 재갈을 물린 세 여자는 신데렐라의 얼굴 가죽을 벗기기 시작했다. 어머니가 칼을 쥐고, 첫째가 신데렐라의 목을 조르고, 둘째가 신데렐라의 팔다리를 붙잡았다. 면도칼로 턱밑에 절개선을 낸 다음 그 안의 조직을 잘라나가자 신데렐라가 소리 없는 비명을 질렀다. 입에 문 재갈에 피가 번져나갔다. 어머니는 신데렐라의 눈알과 코뼈와 입술을 잘 피해 온전한 얼굴 가죽 하나를 떠냈다. 얼굴 가죽에 붙어 있던 피가 마루로 뚝뚝 떨어졌다. 신데렐라를 다락방에 가두고, 그녀의 얼굴 가죽과 드레스를 들고나온 세 여자는 경쾌하게 웃기 시작했다.

"그 애가 왕자의 눈에 든 것도 다 이 얼굴 가죽 덕분이지."

"우리가 그 애의 얼굴 가죽을 가진 이상!"

"왕자님의 신붓감은 우리 몫이야."

세상 사람들 누구도 하녀 신데렐라를 알지 못했으므로, 그녀를 구하러 와 줄 사람은 아무도 없었다. 세 여자는 다음 무도회가 열리기를 기다렸다.

무도회가 열리는 밤, 첫째는 한껏 치장하고 신데렐라의 얼굴 가죽을 썼다. 살에서 나는 비린 피 냄새를 지우기 위해 독한 향수를 잔뜩 뿌리고는 마차에 올라타 왕궁으로 향했다. 푸른 드레스를 입은 첫째가 무도회장 안으로 들어가자, 왕자가 직접 맞이하러 나왔다. 신데렐라를 다시 만났다는 설렘에 왕자는 첫째에게 춤을 청했고 둘은 춤을 춘 다음 발코니로 나갔다. 손을 맞잡고 첫째의 얼굴을 들여다보던 왕자가 갸웃하며 물었다.

"무도회에서 만났던 당신이 맞나요?"

첫째가 고개를 끄덕였다.

"그런데 어째서 달빛과도 같던 눈동자의 색이 바래있나요?"

왕자가 첫째의 눈동자를 유심히 들여다보려고 하자 놀란 첫째가 황급히 고개를 돌렸다. 순간 목덜미에서 피비린내 섞인 향수 냄새가 풍겨왔고 왕자는 흠칫 놀라며 뒤로 물러섰다. 첫째는 그 틈을 타 황급히 왕자의 품에서 빠져나갔고 왕자는 당황해 외쳤다.

"다음번 무도회에서 당신을 다시 볼 수 있겠습니까?"

고개를 끄덕인 첫째가 궁전의 계단을 뛰어 내려갔다. 첫째가 돌아왔기 때문에 기회는 둘째에게 넘어갔다. 세 여자는 다시 다음 무도회가 열리기를 기다렸다. 무도회가 열리는 밤, 둘째 역시 한껏 치장하고 신데렐라의 얼굴 가죽을 썼다. 얼굴 가죽은 그동안 적당히 말라 이제 비린내가 나지 않았다. 푸른 드레스를 입은 둘째가 무도회장 안으로 걸어 들어가자, 왕자가 직접 둘째를 맞이하러 나왔다. 왕자와 둘째도 춤을 춘 다음 발코니로 향했다. 손을 맞잡고 둘째의 얼굴을 들여다보던 왕자가 갸웃하며 물었다.

"무도회에서 만났던 당신이 맞나요?"

둘째가 고개를 끄덕였다.

"그런데 그대의 오뚝한 코가 보이지 않아요."

둘째의 낮은 코는 얼굴 가죽과 따로 놀고 있었다. 둘째가 손으로 코를 가리자 코 한쪽이 금방 뭉그러졌다. 당황한 둘째가 무도회장을 빠져나가려고 하자 왕자가 외쳤다.

"다음번 무도회에서 당신을 다시 볼 수 있겠습니까?"

둘째는 정신없이 궁전의 계단을 뛰어 내려갔다. 왕자는 사라지는 둘째의 뒷모습을 바라볼 수밖에 없었다. 계속되는 무도회에서 왕자는 신데렐라가 아닌 그 누구와도 춤을 추지 않았다.

다음 무도회가 신붓감을 물색할 수 있는 마지막 무도회였다. 세 여자는 초조해지기 시작했다. 첫째와 둘째가 흠이 잡힌 이상 다음 무도회에 누가 나가야 할지 알 수 없었다. 자신이 나가겠다며 세 여자가 옥신각신하는 동안, 온 얼굴에 붕대를 감은 신데렐라가 조심스럽게 집을 빠져나왔다. 신데렐라의 손에는 유리구두 한 짝이 들려있었다. 신데렐라는 왕자가 이 구두를 통해 자신을 찾길 바라며 유리구두 한 짝을 궁전 계단에 올려두었다.

유리구두를 본 왕자는 자연스럽게 첫날 무도회에서 만났던 신데렐라를 떠올렸다. 신데렐라와 함께 추었던 왈츠, 박자에 맞취 부드럽게 움직이던 발과 그 발을 감싼 청아한 유리구두. 자신을 바라보던 눈빛과 오뚝한 코, 촉촉하게 빛나던 입술, 계단을 내려가면서도 아쉬운 듯 돌아보던 그 얼굴을 도무지 잊을 수 없었다. 왕자는 신데렐라를 직접 찾아 나서야겠다는 생각에 친위대와 함께 마을을 둘러보기로 했다. 먼저 귀족들의 저택에 들렀고, 그다음 평민들의 집에 들렀다. 신데렐라가 보이지 않았기 때문에 큰 마을에서 작은 마을로 향하게 되었다. 마지막 집에 들르자 온 얼굴에 붕대를 감은 초췌한 하녀가 문을 열어주었다. 왕자는 언짢은 것을 참고 집 안에 발을 들였다. 얼굴 가죽을 가지고 실랑이하던 세 여자가 고개를 들었다.

"그대들은 어찌 싸우고 있는가?"

왕자의 물음에도 세 여자는 쉽게 입을 떼지 못했다. 손에 들린 얼굴 가죽이 들킬까 어떻게든 얼버무리려 할 때, 신데렐라가 유리구두 한 짝을 들고 간절히 외쳤다.

"왕자님, 제가 그 유리구두의 주인입니다!"

눈이 휘둥그레진 세 여자가 신데렐라의 손에서 구두를 빼앗았다.

"하녀가 구두를 훔친 것이 분명해요."

"왕자님, 저를 믿어주세요."

신데렐라가 왕자 앞에 무릎을 꿇었다. 저 몰골로 어떻게 왕자님을 뵙겠다는 거야. 왕자의 뒤에서 친위대들이 혀를 차는 소리가 들렸다. 왕자는 재투성이 신데렐라의 간곡한 청을 받아들였다.

"그럼 모두 구두를 신어보아라."

먼저 첫째가 구두 안에 발을 집어넣었다. 신데렐라보다 큰 첫째의 발은 유리구두에 다 들어가지 않았다. 새끼발가락이 우그러질 때까지 발을 집어넣던 첫째의 발톱이 빠졌다. 기회는 둘째에게 넘어갔다. 둘째가 구두 안에 발을 집어넣었다. 신데렐라보다 작은 둘째의 발은 유리구두에 쉽게 들어갔지만, 발꿈치 뒤로 한마디 넘는 공간이 남았다. 억지로라도 걸어보려던 둘째가 걷다 넘어지면서 코뼈가 부러졌다. 마지막으로 신데렐라가 유리구두를 신어보았다. 주인의 발에 꼭 맞는 유리구두는 신데렐라의 발을 감싸며 투명하게 반짝였다. 다락에 올라간 신데렐라는 곧 나머지 한 짝을 가져왔다. 누가 보아도 유리구두는 이 재투성이 소녀의 것이었다. 감격한 왕자가 신데렐라의 손을 맞잡았다. 마디가 얇고 고운 손이 잡혔다. 자신이 발코니에서 붙잡았던 그 손이었다.

"정녕 그대가 내가 찾던 당신입니까."

왕자가 천천히 신데렐라의 붕대를 벗겼다. 칭칭 감겨 있던 붕대가 한겹씩 벗겨지면서, 가죽 없는 신데렐라의 얼굴이 드러났다. 짐승의 고기 같은 새빨간 살과 흰 광대뼈가 아무렇게나 드러난 채로, 신데렐라가 씩 웃자 껍질이 올라오지 않은 상처가 벌어져 얼굴에서 피가 배어 나왔다. 왕자가 소리 지르며 뒤로 물러났다.

"왕자님, 저예요. 저 신데렐라예요."

친위대가 신데렐라의 앞을 가로막았다. 그녀의 목에 창을 겨누자 신데렐라가 울먹이며 말했다.

"제가 무도회에 갔다는 걸 알자 두 언니와 어머니가 제 얼굴 가죽을 벗겨갔어요."

왕자는 세 여자에게서 신데렐라의 얼굴 가죽을 찾아냈다. 한때 신데렐라의 얼굴에 꼭 맞았을 가죽은, 말라 쪼그라들고 있었다. 왕자는 그 가죽을 보고 연신 헛구역질을 했다.

"괜찮으세요. 왕자님?"

입가를 닦은 왕자가 친위대에게 외쳤다.

"저 괴물을 당장 내 눈앞에서 치워라!"

친위대는 신데렐라를 왕자가 안 보이는 곳으로 끌고 가 버렸다. 신데렐라는 끌려가면서 연신 왕자를 외쳐댔다.

"왕자님! 왜 저를 알아보지 못하시는 건가요? 당신의 신데렐라라고요!"

왕자는 신데렐라의 괴물 같은 모습에 몸서리를 쳤다. 그리고 신데렐라의 얼굴 가죽을 벗겨 그것을 태연히 쓰고 자신 앞에 나타난 자매들에게도 혐오스러운 표정을 지었다. 왕자는 자신을 불러내는 신데렐라와 자매들을 등지고 황급히 마차에 올라타 성으로 돌아갔다.

이후 신데렐라는 자매들과 계모에게 더욱더 모진 학대를 받았다. 세 모녀는 자신들의 꿈을 망친 것은 마지막 순간 나타난 신데렐라 때문이라 여겼다. 신데렐라는 학대와 더불어 피부의 상처가 덧나 죽었다.

왕자는 성으로 돌아간 뒤 아름다운 부인에 대한 환상이 모두 깨지고 심각한 여자공포증에 시달렸다. 아름다웠던 신데렐라가 끔찍한 몰골로 변한 것에 대한 트라우마도 있었지만, 여자들의 질투심과 부에 대한 욕망이 얼마나 잔인한 일을 저지를 수 있는지를 깨닫고는 평생 여자를 멀리하고 살았다.

가난한 농부의
영리한 딸

가난하고 순박한 농부에게 영특한 딸이 하나 있었다. 영특한 딸은 그의 몇 안 되는 자랑 중의 하나였다. 농부는 작은 집에서 딸과 함께 살고 있었는데, 땅이라고는 한 뙈기도 없었기 때문에 매년 남의 땅을 빌려 농사짓느라 고생이 이만저만 아니었다. 그것을 보다 못한 딸이 말했다.

    "제가 왕께 간청드려 농사지을 땅을 얻어올게요."

    딸은 왕에게 편지를 쓰기 시작했다. 비굴하게 사정하거나 수선을 떨지 않고도 쉽게 누군가의 마음을 흔들만한 편지를 써냈다. 딸의 편지를 읽은 왕은 농부와 딸의 가난한 생활에 대해 알게 되었고, 그들에게 작은 땅을 하사해 주었다. 농부는 딸의 지혜에 감탄했다. 농부 혼자였더라면 왕에게 간청해 땅을 받아올 생각도 하지 못했을 것이었다. 농부와 딸은 밭을 일구고 과일나무와 밀을 심었다. 밭을 고르고 있을 무렵 농부는 금으로 된 절구공이 하나를 발견했다. 농부가 기뻐하며 딸에게 말했다.

"왕의 은총으로 얻은 밭이니, 이 절구공이는 왕께 바치는 것이 좋겠구나!"

그러자 딸은 절레절레 고개를 저었다.

"아버지, 이 절구공이를 왕께 바치면 우리는 절구통도 찾아내야 할 거예요. 모른 척하고 있으면 부자가 될 테지만요."

하지만 농부는 딸의 충고를 듣지 않았다. 농부는 절구공이를 가지고 왕에게 갔다.

"왕이 주신 밭에서 발견한 것이니, 존경하는 왕께 바쳐야 마땅하다고 생각합니다."

농부의 말을 들은 왕은 농부에게 다른 것을 발견하지는 않았느냐고 물었다. 농부가 대답했다.

"다른 것은 없었습니다."

그러자 왕이 농부를 괘씸해하며 소리쳤다.

"절구공이가 있다면 무릇 절구통이 있어야 하는 법. 그것은 어디에 두었느냐?"

숨겨놓은 절구통을 당장 가져오라는 말에 농부는 몇 번이고 절구통을 보지 못했다고 대답했으나 왕은 그 말을 믿지 않았다. 농부는 왕을 기만한 죄로 감옥에 갇혔다. 절구통을 내놓아야 나갈 수 있다고 했다. 감옥에 갇힌 농부는 간수들이 식사를 넣어주어도 먹지 않고 탄식만 할 뿐이었다.

"딸의 말을 들었더라면, 이렇게 되지는 않았을 텐데!"

이를 보다 못한 간수들은 왕을 찾아가, 농부가 식음을 전폐하며 '딸의 말을 들었더라면!' 하고 외친다고 고했다. 왕은 다시 농부를 데려와 왜 매일 탄식하는지 물었다.

"네 딸이 뭐라고 말을 했길래 그 말을 들었어야 했다고 탄식하느냐?"

"그 아이는 저에게 절구공이를 가져가지 말라고 했습니다. 절구통을 함께 가져가지 않는다면 화를 입게 될 것이라고 말했습니다."

"그토록 영특한 딸이 있다니 어디 한번 보고 싶구나."

딸은 아버지를 구하기 위해 왕 앞에 섰다. 왕은 그녀가 정말로 영리한지 알아보고 싶었다.

"수수께끼를 하나 낼 것이다. 그것을 풀면 짐이 친히 너를 아내로 삼겠노라. 하지만 풀지 못한다면 당장 네 목이 날아갈 것이야."

"네, 알겠습니다."

딸은 주저하는 기색 없이 문제를 풀겠다 말했다. 그러자 왕이 문제를 냈다.

"옷을 입지 말고, 벗지도 말고, 말을 타지도 말고, 마차를 타지도 말며, 길 위에 발을 대지도 말고 그렇다고 길에서 떨어지지도 말고 궁으로 오라."

문제를 낸 왕이 의기양양한 얼굴로 웃어 보였다. 딸이 정말 이 문제를 풀 수 있을까? 농부는 울상이 되어 한숨을 쉬었다. 딸의 생사는 궁 안의 화두가 되었다. 그러나 딸은 표정 하나 바뀌지 않고 태연하게 집으로 돌아갔다. 딸은 방으로 들어가 옷을 완전히 벗어버렸다. 그리고 커다란 그물을 몸에 둘렀다. 옷을 벗지도 입지도 않은 상태가 된 것이다. 그리고 딸은 옆집에서 당나귀 한 마리를 빌려온 다음 그 꼬리에 그물을 묶었다. 당나귀가 그녀를 끌고 갔기 때문에 그녀 입장에서는 말을 탄 것도 아니고 마차를 탄 것도 아니었다. 당나귀는 마차의 바퀴자국을 따라 그녀를 끌고 갔다. 땅에 닿은 것은 그녀의 발가락뿐이라 길 위에 발을 댄 것도, 길에서 발을 뗀 것도 아닌 모양새가 되었다.

딸이 그렇게 왕 앞에 서자, 왕은 농부를 풀어주라고 명했다. 그리고 약속대로 그녀를 아내로 삼아 왕실의 모든 일을 맡겼다. 그러던 어느 날, 왕이 사냥을 나가 궁을 비웠을 때 한 농부가 왕비를 찾아와 고개를 조아렸다.

"왕비님, 도와주세요. 억울합니다."

왕비는 농부에게 자초지종을 말해보라 일렀다.

"제가 세 마리 말을 키우고 있었는데 제 암말이 망아지를 낳았습니다. 그런데 그 망아지가 다른 농부의 암소들 사이에 들어가 누워버렸지 뭡니까. 제 망아지가 탐이 났던지 그 농부는 자기 암소가 망아지를 낳았다고 주장하기 시작했습죠. 내 말이 낳은 새끼를 왜 네가 가져가느냐며 싸움이 붙어 왕께 찾아갔는데, 왕께서 글쎄 '망아지가 스스로 찾아간 곳에서 기르도록 하라'며 판결을 내리신 것이 아닙니까. 그래서 소를 기르던 농부가 자기 것도 아닌 망아지를 공짜로 가지게 된 겁니다. 억울해서 살 수가 있어야지요."

농부는 왕비가 농부 출신이며 동정심이 많다는 것을 듣고 찾아온 것이었다. 이야기를 듣던 왕비가 곰곰이 생각하더니 대답했다.

"방법이 있습니다. 하지만 내가 당신을 도와준 사실을 아무에게도 말하지 않겠다고 약속하세요."

"네, 말씀대로 하겠습니다."

농부는 이어질 왕비의 말에 귀를 기울였다.

"내일 아침 일찍 왕이 나가실 때 길 한복판에서 기다리세요. 커다란 그물 속에 고기가 가득 찬 것처럼 꾸미고, 길 위에서 고기를 낚고 있는 것처럼 계속 끌어올리기만 하면 됩니다."

왕비는 왕의 질문에 어떻게 대답해야 하는지도 농부에게 일러주었다. 왕비의 말을 들은 농부는 무릎을 탁, 치고는 왕비에게 몇 번이고 감사하다며 머리를 숙이면서 집으로 돌아갔다.

다음 날 농부는 일찍 일어나 물이라고는 없는 궁 앞에서 고기를 낚는 척했다. 말을 타고 나가려던 왕이 그 광경을 보고 농부에게 물었다.

"무엇을 하고 있는 것이냐?"

"고기를 낚고 있습죠."

"어떻게 물도 없는 곳에서 고기를 잡을 수 있느냐?"

"암소 두 마리가 망아지를 낳을 수 있다면 저도 마른 땅에서 물고기를 잡을 수 있는 것 아니겠습니까?"

왕은 의심 가득한 눈으로 농부를 바라보았다. 그 대답을 이 어리석은 농부가 혼자 생각해 냈을 리가 없었다. 왕은 그 자리에서 누가 그런 대답을 알려주었는지 물었다. 그러나 농부는 쉽게 입을 열지 않고, 자기 스스로 생각해 냈을 뿐이라는 말만 반복하였다. 왕은 병사들에게 농부를 고문하여 답을 들을 것을 명령했다. 그의 배를 발로 차고 주먹으로 때려서 왕은 마침내 왕비에게서 그 대답을 들었다는 농부의 자백을 받아냈다.

곧바로 궁전으로 돌아온 왕은 왕비를 찾아가 말했다.

"한 나라의 왕인 남편을 우습게 만드는 아내라니, 나는 당신을 더 이상 아내로 둘 수 없소! 이제 끝이오. 궁을 나가 집으로 돌아가시오."

"좋습니다. 전하의 뜻에 따르지요."

이번에도 왕비는 표정 하나 바뀌지 않는 태연한 얼굴로 고개를 끄덕였다. 그리고 덧붙였다.

"제 마지막 한 가지 소원을 허락해주신다면요. 제게 가장 소중한 것 하나만을 이 왕궁에서 가져갈 수 있게 해주십시오."

왕은 그녀의 마지막 소원을 허락했다. 그녀는 왕을 포옹하고 그에게 이별의 술을 함께하자고 요청했다. 왕이 승낙하자 그녀가 두 개의 잔을 가져와 술을 따르며 말했다. 이별주라고 생각해 주세요. 왕비와 잔을 맞부딪히고 한 모금 마신 왕은 곧 바닥으로 쓰러졌다. 술에는 독이 들어있었다. 왕이 거품을 토해내며 굳어갈 때 떨어진 잔을 주워든 여왕이 작게 웃었다.

"제가 가져갈 것은 이 나라랍니다."

곧 현명한 여왕이 왕위에 올랐고, 나라는 큰 번영을 누렸다.

잭과 콩나무

잭은 마을에서 가장 부드러운 손을 가지고 있었다. 그의 손가락은 여자처럼 길고 고왔으며 굉장히 섬세하게 움직였다. 잭은 남다른 손뿐만 아니라 남다른 양물을 가지고 있기도 했다. 그는 손과 양물로 여자를 만족시키는 방법을 알고 있었고 독보적인 기술도 터득했다. 잭과 밤일을 한 번 치른 여자들은 그 황홀했던 밤을 절대 잊지 못했고, 이미 남편이 있던 여자들도 몰래 다시 찾아왔다. 덕분에 잭은 일하지 않아도 먹고살 수 있었다. 마을의 아낙들이 매일 잭에게 물과 흑빵과 치즈를 가져다주었기 때문이다. 잭은 손에 물 한 방울 묻히지 않으면서 지냈지만 항상 지루해했다. 여자들이야 자신에게 커다란 만족을 느낀다지만 예쁘지도 않고 순진하기만 한 마을 처녀나, 욕구불만에 가득한 유부녀들을 만나다 보니 싫증이 나기 시작했다. 억

소리 나게 예쁜 여자를 만나보고도 싶었고, 두 손으로 그러모아도 흘러나올 것 같은 가슴을 가진 여자를 보고도 싶었다. 하지만 이런 시골에는 만나지 못할 것 같은 생각이 들었다.

이 시골에서 탈출하기 위해 돈의 필요성을 느끼기 시작했지만 배운 건 오입질뿐이었고, 다른 일을 배우려고 해봤자 마을 남자들의 공공의 적이라 욕만 먹을 게 뻔했다. 그렇게 고민만 늘어가던 그 날도 한 명의 마나님이 찾아왔다.

"아… 아아!"

마나님은 이미 한 시간 전부터 음부를 만져주는 손에 절정을 느끼고 있었다. 아니 음부뿐만 아니라 전신을 어루만지는 손길에 정신을 차리지 못하고 있었다. 잭의 손은 음부의 입구를 살살 어루만지다가 봉긋한 가슴과 핑크빛 꼭지를 애태웠다. 그녀가 잭의 손길만으로 절정을 느껴 만족하려던 찰나 그의 크고 단단한, 뜨겁게 성난 양물이 음부를 거칠게 헤집기 시작했고 마나님은 기절할 것만 같았다. 허리를 활처럼 휘며 목청이 찢어질 듯 비명을 지를 수밖에 없었다. 이러한 기분을 느껴 본 적이 있던가? 아니, 이러한 느낌이 현실에 존재할 수 있는 건가? 잭의 양물이 자신의 음부를 들락날락할 때마다 마나님은 숨이 넘어갈 듯한 교성을 질러댔다. 건드리기만 해도 애액이 넘쳐흐르는 그곳을 사정없이 긁어낼 때는 백치가 된 듯 아무 생각도 들지 않고 그저 한 번도 내보지 못한 비명을 지를 뿐이었다. 잭도 절정에 오른 듯 움직임이 한층 더 거칠어졌다. 마나님은 숫제 숨이 통하지 않는 듯 교성을 넘어 꺽꺽거리고 있었다. 잭이 절정에 다다라 양물이 한계 이상으로 팽창하자 마나님은 눈을 까뒤집고 입을 쩍 벌렸다. 교성조차 나오지 않았다. 기어이 잭이 욕정을 모두 분출했을 때, 마나님은 숨만 겨우 붙잡고 기절한 듯 자리에 엎어져 있었다.

열락의 시간이 끝나고 옷을 고쳐 입은 잭은 마나님의 이마에 짧은 키스를 남겼다. 마나님은 황홀한 표정으로 잭에게 은화를 건네주었다. 오랜만에 쥐어보는 큰돈이었다. 은화를 짤랑이며 잭은 마나님의 마차에서 내렸다. 큰 길가로 나온 잭이 얼마나 더 돈을 모아야 할까 고민하며 걸어가고 있을 때였다. 한 노인네가 앓는 소리를 내며 길 한복판에 누워있었다.

"거기 젊은이, 나를 좀 일으켜주겠나?"

그냥 지나가려던 잭을 노인이 다시 붙들었다.

"나를 돕는다면 자네의 고민을 해결할 물건을 보여주지."

그 말에 혹한 잭이 노인의 곁에 멈춰 섰다.

"내 고민이 뭔 줄 알기나 하시오?"

노인의 말이 솔깃했지만, 일단 퉁명스럽게 물어봤다. 수많은 여자를 만나고 그녀들의 불만을 숱하게 들어왔던 잭은 아무리 혹해도 일단 퉁겨보는 게 좋다는 것을 알고 있었다. 잭이 노인을 부축해 세우고 답을 독촉하자 노인이 주머니에서 작은 콩 한 알을 꺼냈다.

"이게 바로 마법의 콩이야. 심으면 놀라운 일이 일어나지. 이 걸 자네 집 앞에 심으면 순식간에 부와 명예를 얻게 될 걸세. 자 네가 뭘 원하는지 난 모르고 관심도 없네만, 부와 명예가 있는 데 해결 못 할 고민이 있기는 한가?"

예사롭지 않은 노인이었다. 어디로 보나 콩 한 알일 뿐이었 지만, 잭은 노인에게서 왠지 모를 현기를 느끼며 홀린 듯 그 콩 을 들여다보았다. 잭이 한참 콩을 구경하자, 노인은 다시 콩을 주머니에 챙겨 넣었다.

"아무에게나 보여주지 않는 귀한 물건이라고."

콩이 눈앞에서 사라지자 조바심이 난 잭이 말했다.

"그 콩을 나에게 주시오!"

노인이 절레절레 고개를 저었다.

"세상 어디에서도 구할 수 없는 물건이야. 함부로 자네에게 넘겨줄 수는 없지. 이 콩을 가지려면 적어도…."

노인이 슬쩍 잭의 주머니를 흘겨보더니 덧붙였다.

"은화 두 닢은 필요할 걸세."

"마침 두 닢이 있소!"

잭이 은화 두 닢을 노인에게 내밀었다. 노인은 헛기침하며 은화를 받아 챙기고 잭에게 콩을 넘겨주었다. 잭은 쾌재를 부르며 오두막으로 달려갔다. 마당에 작은 구멍을 파 콩을 심고 물을 주었다. 그런데 콩을 심어도 아무 일도 일어나지 않자, 잭은 다시 거리로 나가보았다. 노인은 이미 사라지고 없었다.

그날 밤 잭은 콩이 무럭무럭 자라 금은보화가 열리는 꿈을 꾸었다. 길몽이라 생각하며 자리에서 일어난 잭은 자신의 두 눈을 의심했다. 커질 대로 커진 콩나무가 잭의 오두막을 칭칭 감고 자라다 못해 하늘로 솟아있었다. 구름을 뚫고 올라간 콩나무는 장정 열댓 명이 올라도 끄떡없을 만큼 튼튼해 보였다. 잭은 노인의 말과 함께 어제 꾼 꿈을 떠올렸다. 어쩌면 이것이 인생을 바꿀 기회일지도 몰라! 잭은 무작정 콩나무를 오르기 시작했다. 콩나무 끝에 어떤 열매가 있을지 모를 일이었다. 콩나무를 오르고, 또 오르고, 한참을 오르자 마을이 한눈에 내다보였다. 마을 사람들 모두가 작은 장난감처럼 보였다. 다시 오르고, 또 오르고, 한참을 오르니 이제는 마을이 작은 점처럼 보였다. 콩나무가 다 자란 끝까지 올라가니 구름 위에 거대한 저택이 있었다. 마치 거인이 살 법한 웅장한 저택이었다.

운동장만 한 현관을 지나 집 안으로 들어가자 진귀한 물건들과 금은보화가 가득했다. 잭이 맨 처음 발견한 것은 저절로 노래하는 리라였다. 금빛 조각이 새겨진 리라는 켜는 사람 없이도 아름다운 운율을 뽑아냈다. 잭은 몰래 그 리라를 품속에 넣었다.

또 둥지 가득한 황금알과 그것을 품고 있는 거위를 발견했다. 잭은 되는대로 황금알을 옷 속에 집어넣고, 거위를 보자기로 묶어 자신의 등에 동여맸다. 이대로 콩나무를 타고 내려갈 수만 있다면, 잭의 인생이 뒤바뀔 정도의 일확천금을 손에 넣은 것이나 다름없었다. 잭이 저택을 빠져나오려는 순간, '쿵'하고 땅이 뒤흔들렸다. 엄청난 진동에 잭은 넘어지고 말았고 순간 황금알과 라라가 떨어졌다. 겨우 일어나 물건들을 챙기려는 순간 또다시 '쿵'하고 땅이 뒤흔들려 잭은 다시 넘어졌다. 지진 같은 땅 울림은 점점 더 크고 가까워졌다. 진짜 거인이었다. 저택의 주인인 거인이 돌아오는 것이었다. 잭은 거인이 저택으로 돌아오는지도 모르고 떨어뜨린 황금알을 줍고 다시 떨어뜨리기를 반복했다.

거인이 문을 열자 거센 바람이 불었다. 저택에 돌아온 거인은 책상 앞에 앉아 근심 가득 찬 표정으로 편지를 쓰기 시작했다. 끙끙거리며 편지를 쓰던 거인은 쓴 편지를 구겨 버리기를 반복하며 머리를 싸맸다. 벽을 타고 올라간 잭이 편지의 내용을 슬쩍 엿보았다. 거인은 좋아하는 여자 거인에게 보낼 연애편지를 쓰고 있었는데 내용이 형편없었다. 거인이 여심을 몰라도 너무 모르는 것이 태가 났다. 거인은 거듭 한숨을 내쉬며 편지를 써 내려갔다.

오! 세상에서 가장 아름다운 그대여, 그대의 모습이 눈이 부셔 제대로 쳐다볼 수조차 없습니다. 그 어떤 미사여구로도 당신의 아름다움을 묘사할 수 없소. 나의 마음을 표현한 시 한 구절을 써봅니다.

Shall I compare thee to a summer's day?
Thou art more lovely and more temperate:

셰익스피어마저도 당신을 향한 나의 마음을 제대로 표현하지 못합니다. 우리가 서로 말을 한 적은 없지만 나는 당신을 진심으로 사랑하오. 이제 결혼을 생각할 나이입니다. 저는 모아둔 돈도 많고, 우리의 관계를 매우 진지하게 생각하고 싶으니 아이는 셋 정도가 어떤지…

"큭, 푸.. 풉."

거인이 편지를 보며 잭은 웃음을 참을 수 없어 웃음이 새나가고 말았다.

"누구냐!"

잭을 발견한 거인은 단숨에 잭을 붙잡아 한 손에 가둬버렸다. 거인이 손에 좀 더 힘을 준다면 잭은 그대로 으스러질 것만 같았다. 거인은 잭이 황금알과 황금알을 낳는 거위와 리라를 들고 있는 것을 보고 화가 머리끝까지 났다.

"어디서 좀도둑 새끼가 들었구나!"

거인이 잭을 으스러뜨리려던 그때, 잭이 기지를 발휘했다. 잭은 자신이 낼 수 있는 가장 큰 목소리로 소리쳤다.

"나를 살려주면 그 여자 거인과 잘 되게 도와주지!"

"뭐? 정말이냐?"

눈이 휘둥그레진 거인이 손을 멈췄다.

거인은 잭을 자신의 눈높이로 가져왔고 잭은 자신의 사타구니를 가리키며 말했다.

"나는 잭이다. '이것' 덕분에 먹고 살고 있지. 밤일이라면 내가 전문이다, 이거야."

반신반의하는 거인에게 잭은 자신이 지금까지 황홀경에 이르게 한 여자들의 이야기를 들려주었다. 수풀 속에서, 방앗간에서, 마구간에서, 마을 회관에서, 마차 안에서 계속된 잭의 허리 놀림은 듣는 거인까지 아찔하게 만들 정도로 호색한 진정성이 있었다. 잭의 이야기를 다 들은 거인이 말했다.

"네가 어떤 사람인지는 잘 알겠다. 하지만 이렇게 작은 네가 어떻게 나를 도울 수 있다는 거지?"

곰곰이 생각하던 잭은 곧 묘책을 생각해 냈다. 잭은 거인의 어깨를 타고 올라가 그의 귓속으로 쏙 들어갔다.

"이러면 내가 언제든지 조언해 줄 수 있어. 내가 있다면 그 여자 거인과 사귀는 건 문제도 아니야."

잭은 거인의 귓가에 연애편지의 내용을 읊기 시작했다. 수많은 여자를 울리면 수많은 여자를 웃기는 법도 알게 되는 법. 잭은 한 번도 보지 못한 여자 거인의 마음을 녹여낼 만한 편지를 금방 완성해냈다. 그녀도 거인이기 이전에 여자 아니겠어? 거인은 잭의 헛소리에도 연신 고개를 끄덕이게 되었다. 거인이 여자 거인에게 편지를 전하고 올 동안 잭은 황금알을 낳는 거위의 둥지 안에서 편안하게 누워있었다. 잭의 편지 덕분이었을까? 편지를 전하러 갈 때 혼자였던 거인이 여자 거인과 같이 저택으로 돌아왔다. 잭이 다시 거인의 귓속으로 쏙 들어가 말하기 시작했다.

"이런 자리는 분위기가 중요한 법이지. 자, 리라에게 연주를 시켜!"

잭의 충고대로 거인은 노래하는 리라에게 연주를 부탁했다. 부드러운 리라 연주가 방 안을 아름다운 소리로 채웠다. 여자 거인이 흡족해하는 것을 확인한 잭은 황금알을 꿰어서 금방 반지를 만들어냈다. 다시 거인의 귓속으로 들어간 잭이 속삭였다.

"선물이 빠질 수 없겠지. 책상 위에 있는 반지를 주도록 해."

거인이 여자 거인을 침대에 앉혀놓고 책상에 있는 황금알 반지를 가져왔다. 반지를 여자 거인의 손가락에 끼워주자, 화색이 들었다. 잭이 말했다.

"지금 가볍게 입을 맞춰."

망설이던 거인이 잭의 말대로 하자, 놀랍게도 여자 거인의 고개가 따라왔다. 여자 거인도 거인을 원하고 있던 것이다. 잭은 거인의 귓가에 계속해서 속삭였다. 혀를 어떻게 써야 하는지, 어떤 느낌으로 시선을 주고받아야 하는지, 입술은 어떻게 애무하는 것이 좋은지. 거인이 잭의 말을 어설프게라도 따라 할 때마다 여자 거인의 반응이 좋아지는 것이 눈에 확연히 보였다.

"이제 뒤로 자연스럽게 눕히는 거야. 고개 뒤에 손을 받히고 천천히."

거인 둘이 거대한 침대에 눕자, 풀썩하고 주변에 큰 바람이 일었다. 잭은 귀에서 떨어지지 않도록 거인의 귓바퀴를 꽉 붙들었다.

"천천히 귓가를 애무하다 목을 타고 내려온 다음 가슴팍에 파고드는 거야."

잭은 자신이 해줄 수 있는 모든 조언을 거인에게 전할 셈이었다. 잭이 수많은 여자를 애무하며 얻었던 비결을 모두 전수해줄 요량으로 거인의 귀에 소리쳤다. 거인은 잭의 지시에 따라 몸을 움직였고 여자 거인은 통로를 열었다. 다리를 벌린 여자 거인을 보고 잭이 쾌재를 불렀다. 그렇지!

거인은 잭의 도움으로 만족스러운 정사를 마쳤다. 첫 경험이었다. 거인은 잭에게 감사하며 황금알을 낳는 거위와, 황금알과, 노래하는 리라를 모두 주었다. 잭은 거위를 등에 동여매고, 황금알과 리라를 품 안에 넣은 뒤 콩나무 아래로 내려갔다. 오두막으로 돌아온 잭은 리라가 노래를 켜고, 황금알을 낳는 거위가 황금알을 낳는 것을 지켜보면서 만족스러운 얼굴로 다리를 뻗었다.

'좋아, 이제 떠나기만 하면 되겠어. 도시에 도착하면 끝내주는 미인에게 끝내주는 경험을 선사해줘야지. 내 기술과 이 돈이라면 누구든 나에게 넘어오지 않고는 못 배길 거야. 하하핫!'

늙은
힐데브란트

어느 작은 마을에 농부와 그의 아내가 살고 있었다. 농부는 자신의 가정이 평범한 여느 가정과 다를 바 없다고 생각했다. 농부는 성실했고 아내는 정숙했으니까.

크게 일어나는 특별한 일 없이 농부는 아침이 되면 밭일을 하러 나갔고 저녁이 되면 밥을 먹으러 돌아왔다. 아내는 그를 위해 밥상을 차리고 집안일을 했다. 주말이면 같이 교회에 가 기도드리는 것이 두 부부가 함께하는 몇 안 되는 활동 중의 하나였다. 농부는 이 생활이 언제까지나 지속될거라고 생각했다. 하지만 그것도 농부의 바람일 뿐, 갑자기 아내가 병에 걸려 버렸다. 죽을 것처럼 끙끙대며 드러누운 아내에게 농부는 좋다는 것을 무엇이든 구해와 먹였으나 아무 소용이 없었다. 아내는 병을 앓은 지 일주일이 지나 일요일이 되자 농부에게 말했다.

"나는 얼마 못 살 것 같아요."

"그런 말 마시오."

허옇게 질린 아내의 입술이 파르르 떨렸다.

"죽기 전에 한 가지 소원이 있어요. 들어줄래요?"

농부는 고개를 끄덕였다. 병든 아내의 소원이라는데, 무엇이든 못 들어줄까 싶었다.

"마지막으로 목사님의 설교를 듣고 싶어요."

하지만 교회는 마을 끝에 있었고, 이렇게 아픈 아내가 자리에서 일어났다가 무슨 일이라도 생기진 않을지 걱정이 되었다. 농부는 고개를 저으며 말했다.

"대신 내가 가서 목사님의 설교를 잘 듣고 돌아와 당신에게 모두 이야기 해주겠소."

"좋아요, 가서 한 마디도 놓치지 말고 잘 듣고 오세요."

"금방 돌아오리다."

농부는 발걸음을 서둘러 교회로 향했다. 목사의 설교를 듣기 위해 모인 사람들이 바글바글했다. 단상에 선 목사가 설교를 시작했다.

"집에 아픈 사람이 있으면, 그 사람이 누구든지 간에 벨리쉬란트에 있는 괴컬리산으로 순례를 가십시오. 거기에 가면 월계수 이파리를 한 보따리 살 수 있는데, 그것을 사면 아파서 누워 있는 사람이 누구든 즉시 나을 것입니다. 순례를 떠날 사람이 있으면 예배가 끝난 다음에 저를 찾아오십시오. 자루와 순례 떠날 돈을 드리겠습니다. 다만 월계수 이파리를 사는 데 긴 시간이 걸릴 테니 각오하셔야 합니다."

이 이야기를 듣고 가장 기뻐한 사람은 물론 농부였다. 농부는 예배가 끝나자마자 목사에게 찾아가 자루와 돈을 받았다. 한달음에 집으로 달려온 농부가 아내에게 소리쳤다.

"여보, 이제 당신은 살 수 있소! 교회에 갔더니 목사님이 '누구든지 집에 아픈 사람이 있으면, 벨리쉬란트에 있는 괴컬리산으로 순례를 가십시오' 하는 것이 아니겠소? 거기에 가면 월계수 이파리를 한 보따리 살 수 있는데, 그것을 사면 아파서 누워 있는 사람이 누구든 즉시 나을 것이라고 했소. 그래서 당장 목사님께 자루와 돈을 받아왔지. 금방 순례를 다녀올 테니 당신은 병석에서 일어날 준비를 하시오."

"정말 다행이에요, 조심히 다녀오셔야 해요."

아내가 쿨럭쿨럭 기침하며 농부에게 손을 흔들었다. 농부는 한시라도 빨리 그 산에 도착하기 위해 쉬지 않고 걸었다. 그는 어서 아내가 건강을 되찾아, 평범한 생활로 돌아갈 수 있기를 바랐다. 그것을 위해서라면 험한 산길도, 거친 풀잎도 두렵지 않았다. 농부가 한참 산을 향해 걷고 있을 때, 떠돌이 달걀장수가 농부에게 말을 걸었다.

"어딜 그렇게 가는 길인가?"

"내 아내가 병이 들어서 괴켤리산으로 순례를 가는 길이네. 아픈 아내의 소원이 글쎄, 목사님의 설교를 듣는 거라는 거야. 그래서 내가 대신 설교를 들으러 갔는데 목사님이 집에 환자가 있으면, 그가 누구든 간에 괴켤리산에 순례를 가라고 말씀하셨네. 거기서 월계수 이파리를 한 보따리 살 수 있는데, 그것을 사면 아픈 사람이 즉시 나을 것이라고 했어. 이 자루와 돈은 모두 순례를 위한 것이네."

그러자 달걀장수가 코웃음을 치기 시작했다. 피식피식 바람 새나가듯 웃던 달걀장수는 어느새 박장대소하고 있었다. 어안이 벙벙해진 농부가 달걀장수에게 물었다.

"무엇이 그렇게 웃긴가?"

"이 사람아, 진심으로 그 말을 믿는단 말인가?"

농부는 눈썹을 찌푸렸다. 그게 무슨 말인가? 하고 물으니 달걀장수는 웃느라 맺힌 눈물을 닦으며 대답했다.

"자네 집에서 무슨 일이 벌어지고 있는지 정말 모른단 말이야? 그 목사는 자네 아내와 은밀히 하루를 보내고 싶어 한단 말일세."

"내 아내는 지금 병에 걸렸네. 말이 되는 소리를 해야지."

"그러니까, 그것은 자네를 멀리 보내려고 짠 계획일 뿐이야."

"사실인가? 자네가 그것을 어떻게 알고 있나?"

농부가 의심 가득한 눈초리로 바라보자, 달걀장수는 어깨를

으쓱했다.

"나는야 떠돌이 달걀장수, 이 몸처럼 살면 원치 않아도 이런 저런 이야기를 듣게 되는 법. 그 돈으로 내 남은 달걀을 모두 산다면 기꺼이 말해주겠네. 자, 어떤가?"

농부는 달걀장수를 믿지 않았지만, 그렇다고 무시할 수도 없어 조바심이 났다. 농부는 눈을 딱 감고 갖고 있는 모든 돈으로 달걀을 샀다. 달걀장수는 돈을 세며 이야기를 시작했다.

"그러니까 그때가 부활절이었지, 아마? 달걀을 잔뜩 지고 교회로 가는 길에 교회 뒷문으로 향하는 샛길이 있잖은가. 약속 시각을 못 맞출 것 같아 서두르다가 험하고 인적이 드문 그 샛길에 가게 됐네. 그랬더니 그 샛길 수풀 사이에서 자네 아내와 목사가 정을 통하고 있는 게 아닌가! 나는 자네 아내가 그렇게 요망한 여자인 줄 몰랐지. 한껏 벌린 다리로 목사의 허리를 감아 엉덩이를 흔드는 게 아주 기가 막혔네. 한 발을 시원하게 뽑아낸 목사가 아내에게 말했네. 이제 교회로 가봐야 한다고. 자네 아내는 못내 아쉬운 눈치였지. 어떻게 하면 둘이 은밀한 하루를 보낼 수 있을까 궁리하다가 목사가 낸 답이 이거였어. 자네 아내가 꾀병을 부리는 거야. 침대에 누워 가능한 한 앓는 소리를 크게 내는 거지. 그렇게 일요일까지 누워있으면, 예배 시간에 자네를 멀리 보낼 심교를 할 거라고 말이야."

달걀장수의 이야기를 들고 농부의 입이 딱 벌어졌다.

"그러게 여자 단속을 잘하란 말이야. 자네는 몰라도 자네 아내는 한창일 나이 아닌가. 여자는 여자로서의 즐거움을 찾게 되어있는 법. 자네가 안일했어."

농부의 온몸이 부들부들 떨렸다. 그동안 자신이 아내에게 속고 있었단 말인가? 그 정숙하고 조용한 아내가 뒤로는 목사와 놀아나고 있었다니 믿을 수가 없었다. 아내는 농부에게도 자주 몸을 허락하지 않았기 때문이다. 농부는 씩씩거리며 역으로 달걀장수에게 성을 냈다.

"자네 말을 내가 어찌 믿으라는 거야? 그럴 리가 없네! 내 아내가 그럴 리가 없어!"

달걀장수는 빙글빙글 웃으며 수염을 돌돌 말았다.

"그럼 한번 확인해보시게나. 내 달걀 바구니에 숨어서 집으로 돌아가는 거야. 내가 바구니를 들고 집 안으로 들어갈 테니 자네 눈으로 직접 보라고."

떠돌이 달걀장수가 바구니를 열어 보였다. 농부는 그 안에 들어가 달걀장수와 함께 집으로 향했다. 집에 가까이 가면 갈수록 농부는 불안해졌다. 그럴 리 없다며 자신을 계속 다독여도, 집으로 향하는 길은 기이할 정도로 조용했고 화가 난 자신의 심장 소리만이 쿵쿵 귓가에 울릴 뿐이었다.

"자, 다 왔네. 이것 보라고."

문 앞에 선 달걀장수가 바구니를 향해 속삭였다. 집 안에서 아내가 지르는 환호 같은 신음이 바구니 안에 있는 농부에게까지 들려왔다. 저토록 교태스러운 소리를 들어본 적이 있던가? 자신과는 목석처럼 움직이지 않던 아내가 남자에게, 그것도 목사와 저토록 음란하게 놀아나고 있다니. 황망해진 농부가 깊은 한숨을 쉴 때, 달걀장수가 문을 두드렸다.

"계십니까?"

안이 잠시 조용해졌다가, 목사가 '뭐야. 누구야?' 하고 짜증 섞인 목소리로 묻는 것이 들려왔다. '모르겠어요. 찾아올 사람이 없는데.' 아내가 의아해하는 목소리도 들려왔다. 달걀장수는 다시 한번 문을 두드렸다.

"달걀장수올시다. 하룻밤 묵을 곳이 필요하오. 오늘 시장에서 달걀을 하나도 팔지 못하고 집으로 가져가는 길인데, 너무 무거워서 집에 도착하기 전에 그만 쓰러져 버릴 것만 같소."

농부가 한 번도 본 적 없는, 몸매가 드러나는 얇은 로브를 걸치고 나온 아내가 말했다.

"글쎄, 지금은 좀 곤란한데. 하지만 사정이 딱해 보이니 잠시 들어와 난로에 몸이나 녹이세요. 오래는 못 계셔요."

달걀장수는 난로 옆에 바구니를 내려놓고 의자에 앉았다. 아내는 마치 목사가 자신의 남편인 양 팔짱을 끼고 가슴을 비볐다. 목사의 목덜미에 키스를 남기고, 장난스럽게 깨물기를 반복하며 태연하게 굴었다.

"당신 목소리는 무척 아름다워. 나를 위해 노래를 한곡 불러주겠어?"

목사가 말하자 아내는 콧소리가 잔뜩 스민 애교를 부렸다.

"안 돼요. 부끄럽단 말예요."

"그러지 말고 하나 불러 봐요. 당신의 그 답답한 남편이 돌아와 다시 당신이 입에 자물쇠를 걸 생각을 하면 이 꾀꼬리 같은 목소리가 아깝소."

"그럼 한번 불러 볼까요?"

아내가 노래를 부르기 시작했다. 달걀장수는 옆에서 태연하게 박자에 맞춰 박수를 쳤다.

"우리 남편은 괴퀼리 산에 가서 돌아오지 않을 거예요."

그러자 목사가 화음을 넣으며 따라 불렀다.

"그곳에서 월계수 잎을 한보따리 찾으려면 일 년은 족히 걸릴 테니까."

"그가 무엇을 하든 내 알 바 아니죠."

"할렐루야!"

그때 농부가 바구니를 박차고 나왔다.

"천벌 받을 년놈들!"

농부는 난로에 들어있던 장작을 꺼내 목사의 머리를 냅다 내리쳤다. 쪼개진 목사의 머리에서 분수처럼 피가 솟아올랐다. 농부는 비명을 지르는 아내의 입을 막고는 그대로 아내를 달걀 바구니에 넣어 물가에 던져버렸다. 달걀 바구니가 요동치며 가라앉는 것을 확인한 농부가 손에 묻은 먼지를 털며 달걀장수에게 말했다.

"새 달걀 바구니는 내가 사주겠네."

엄지공주

마을의 끝자락, 언덕 위 외딴 오두막에 한 여인이 홀로 살고 있었다. 여인은 전쟁통에 남편을 잃고 홀로 사는 미망인이었다. 그녀는 남편을 그리워했고 아이도 갖고 싶어 했지만 다른 남자와는 절대 잠자리를 가지지 않았다. 여인은 매일같이 신께 기도를 드렸다.

"하느님, 저는 남편 말고 다른 남자와는 지낼 수 없습니다. 하지만 아이는 가지고 싶습니다. 부탁드리니 신께서 제게 아이를 보내주십시오."

언제나 아이를 소원하던 여인은 어느 날 집 앞에 핀 로벨리아 꽃을 보다가 이상하게 축 처진 꽃봉오리를 발견했다. 꽃가지를 들추자 줄기 한가운데 걸려 잠을 자고 있는, 엄지보다 작은 소녀가 있었다. 여인이 신기한 기분에 손가락으로 건드리자 소녀가 잠에서 깼다. 소녀는 여인을 보고 놀라서 경계했다. 그러자 입은 두꺼비같이 크게 벌어졌고 큰 입안에는 이빨이 장미 가시처럼 뻗어났으며 손톱 발톱도 날카롭게 솟아났다. 여인은 놀라서 주춤했으나 곧 소녀의 굶주린 모습이 눈에 들어왔다. 소녀는 오랫동안 고생한 듯 비쩍 말라 있었고 얼굴도 거칠했다. 여인은 품에서 비스킷을 꺼내 잘게 부수어 소녀에게 주었다.

"배고파 보이는구나. 이 비스킷을 먹으렴."

소녀는 경계를 늦추지 않으면서도 냉큼 비스킷 조각을 입에 넣었다. 여인은 기뻐하며 나머지 비스킷을 손바닥에 올린 채 소녀에게 내밀었다. 소녀가 비스킷을 먹기 위해 손바닥에 올라타자 날카로운 발톱이 살을 찔러 피가 나왔다. 여인은 고통을 느꼈지만 소녀가 비스킷을 먹도록 참았다.

"애, 우리 집으로 가면 맛있는 게 더 많은데 나와 같이 가지 않으련?"

소녀는 그 말에 손톱 발톱을 집어넣고 여인의 말을 알아들었다는 듯 고개를 끄덕였다. 그렇게 여인은 엄지만 한 소녀를 집에서 키우게 되었다. 소녀는 낯선 이를 경계할 때를 제외하고는 사랑스러운 아이 모습 그대로였다. 여인이 소녀를 손가락으로 쓰다듬으며 물었다.

"너는 이름이 뭐니?"

그러자 소녀는 대답했다.

"저는 이름이 없어요."

"어디서 왔니?"

"꽃들 사이에서 왔어요."

여인은 알 수 없는 운명 같은 것을 소녀에게 느꼈다.

"앞으로는 나랑 살자, 소녀야. 너는 작고 예쁘니 이름은 엄지
공주로 하자꾸나."

소녀는 여인의 말에 너무나 기뻐서 외쳤다.

"네!"

여인은 엄지공주가 신이 보낸 자식이라 확신했다. 비록 직접
낳은 아이는 아니지만, 가슴으로 낳은 자식이라 여기고 세상
그 누구보다 사랑으로 키우리라 다짐했다.

그렇게 한 해가 지나고 두 해가 지났다. 엄지공주는 여인의
사랑을 받으며 살았다. 여인은 엄지공주를 위해 작은 옷도 만
들어 주고 산책도 데리고 다녔다. 엄지공주는 여인을 위해 노
래를 부르고 다정하게 속삭였지만, 고양이에게 공격받으면 발
톱을 드러내며 내쫓았다. 여인은 행복했다. 다만 의문스러운 것
은 저 작은 몸으로 어떻게 성인 남성보다 더 많은 양의 음식을
먹을 수 있는지였다.

어느 날이었다. 마을에는 홀로 떨어진 집에 여인 혼자 산다

는 소문이 퍼졌다. 그 소문은 마을 불량배들의 귀에 들어갔고 그들은 미망인을 인신매매단에 팔아 버릴 계획을 하게 되었다. 날이 저물어 오두막 근처에 아무도 없을 때 불량배들은 오두막 문을 부수고 들어갔다.

"누구세요!"

"누구인지는 알 것 없고 순순히 따라와라."

불량배들은 거칠게 여인을 끌고 갔고 반항이 심해지자 머리를 망치로 내리쳐 기절시켰다. 여인을 들쳐 메고 집 안의 귀중품을 챙기려고 뒤지던 찰나, 한 불량배가 엄지공주를 발견했다.

"어어? 이게 뭐야. 손가락만 한 사람이잖아?"

엄지공주는 불량배들이 행여나 엄마에게 해코지할까 봐 경계심을 드러내지 못하고 있었다.

"자세히 보니 꽤 예쁘장하잖아. 이런 걸 비싸게 주고 살 사람을 알지. 그쪽에 새장 하나 가져와 봐."

불량배들은 새장을 가져와 엄지공주를 집어넣었다. 엄지공주는 새장에 갇혀 꼼짝없이 끌려갈 수밖에 없었다. 엄마가 인신매매단에 팔려 갈 때 엄지공주는 울부짖으며 지켜보았다. 그리고 엄지공주가 든 새장도 어느 귀족의 집에 팔려갔다.

엄지공주는 귀족의 집에서 끔찍한 광경을 보았다. 방 곳곳에 약에 취해 알몸으로 나뒹구는 여자들이 있었고 그중에는 어린 소녀도 있었다. 엄지공주는 자신이 이곳에서 어떤 일을 당할지 깨달았다.

귀족은 두꺼비 같은 얼굴을 새장에 들이밀며 신기한 듯이 엄지공주를 쳐다보았다.

"허, 그동안 별별 여자를 다 봤다고 생각했는데 이런 건 생각하지도 못했군. 아주 재밌네."

귀족은 새장을 열어 엄지공주를 꺼냈다. 그러고 엄마가 엄지공주를 위해 만들어 준 옷을 찢고는 엄지공주를 자신의 양물에 가져다 댔다.

엄지공주는 그때까지도 머릿속에 어떻게 엄마를 구할까 온통 그 생각뿐이었다. 바닥에 알몸으로 널브러진 여자들을 보면서 자신의 엄마도 그렇게 당할 것이란 생각이 들었고, 마음에 조급함이 피어오르기 시작했다. 그러던 찰나 귀족이 자신의 소중한 옷을 찢어버리자 이성을 잃었고 귀족이 엄지공주를 양물에 갖다 댔을 때 발톱을 드러내 귀족의 손을 찔렀다.

"아야! 이 쪼그만 게!"

귀족이 그녀를 놓치자 순식간에 엄지공주는 귀족의 요도를 찢고 그 속에 파고들었다.

"헉!"

귀족은 순간 신경이 타오르는 고통을 느끼며 비명을 내질렀다. 엄지공주는 요도를 통해 고환에 도달하자 그 속을 파먹기 시작했다. 엄청난 고통에 귀족은 쓰러지면서 온몸을 뒤틀었다.

귀족이 자신의 고환을 움켜쥐자 엄지공주는 더욱더 파고들어 귀족의 몸속을 뜯어먹었다.

"크… 억!"

귀족은 속을 파먹히며 온몸의 구멍에서 피를 뿜었다. 엄청난 고통으로 비명조차 지르지 못했고 그의 곁을 지켜줄 사람은 아무도 없었다. 하인들은 자리를 비웠고 여자들은 약에 취해 제정신이 아니었다. 마침내 귀족이 숨을 거두자 엄지공주는 재빨리 그 집을 탈출했다.

엄지공주는 귀족의 집을 빠져나와 들판을 하염없이 뛰었다. 하지만 엄지공주에게 세상은 너무나도 넓었다. 그렇게 한동안 풀숲을 헤쳐나가다가 갓 깨어난 나비를 발견했다.

"그래, 나비를 타고 가야겠다."

나비가 날기 위해 날개를 말리고 있을 때 재빨리 올라타 자신의 몸을 단단히 고정했다. 이윽고 나비가 날아오르자 더듬이를 붙잡고 왼쪽과 오른쪽으로 잡아당기며 방향을 조절했다. 그렇게 한동안 날아다니다 마침내 불량배 중 한 사람의 집을 발견했다. 마음이 급해진 엄지공주는 나비를 착지시키기 위해 양 날개를 찢었다. 그렇게 창가에 떨어진 엄지공주는 창문 안을 들여다보았다. 창가로 엄마를 강제로 끌어냈던 불량배의 얼굴이 보였다. 엄지공주는 입을 크게 벌리고 가시 같은 이빨을 드러내며 단숨에 불량배의 귀를 파고들었다.

"뭐야, 이거?"

불량배는 갑자기 귀에 무엇인가 들어오자 놀라 머리를 흔들어 댔다. 하지만 이미 귓속 깊이 파고든 엄지공주는 빠지지 않았고 불량배는 엄지공주에게 머릿속에서부터 파먹혔다.

"으아아아악!"

불량배의 귀에서 피가 분수처럼 뿜어져 나왔다. 엄지공주가 턱의 힘줄을 파먹자 불량배의 턱이 빠졌다. 엄지공주는 그대로 입 쪽으로 파먹으며 내려와 볼을 크게 한입 베어 물었다. 그렇게 불량배는 얼굴 곳곳에 구멍이 뚫리면서 죽었다.

복수에 성공한 엄지공주는 다시 창가로 빠져나왔다. 온몸이 피에 절여져 있었지만 상쾌한 기분이 들었다. 고개를 창 아래로 내리자 창문 밑에 매달려 있는 풍뎅이가 보였다. 엄지공주는 창문을 뛰어내려 풍뎅이의 딱딱한 등껍질에 올랐다. 이번에는 풍뎅이의 날개를 잡고 조종했다. 그렇게 마을을 수색하다 두 번째 불량배를 발견하였다. 엄마가 반항하자 머리를 내리쳤던 불량배였다.

풍뎅이의 목을 비틀어 착지한 엄지공주는 두 번째 불량배의 집에 들어갔다. 불량배는 코를 골며 자고 있었다. 엄지공주는 깨지 않게 살며시 불량배 곁으로 간 뒤 송곳 같은 손톱을 드러내며 단숨에 콧속으로 파고들었다. 그리고 코 천장을 발톱으로 찢었다.

길거리 싸움을 하며 자주 코피를 흘리던 불량배였으나 평생 동안 흘린 피보다 더 많은 양의 피가 코로 뿜어져 나왔다. 엄지공주는 그대로 머릿속을 파고들어 뇌를 파먹기 시작했다. 불량배는 찢어지는 고통에 머리를 쥐고 온몸을 뒤틀어댔다. 두통을 넘어서서 고통과 어지러움에 구토를 했고 토사물에 이어 피를 게워내기 시작했다. 이윽고 온몸이 마비되며 죽었다.

두 번째 불량배의 집에서 빠져나온 엄지공주는 엄마가 보이지 않아 걱정되기 시작했다. 불량배들의 집을 찾을 수 있었으나 엄마는 없었기 때문이다. 그러다가 꽃밭에서 씨앗을 쪼아먹는 제비들을 발견하였다. 엄지공주는 창가에서 뛰어내려 제비의 등에 올라탔다. 제비가 놀라 날개를 푸드덕댔으나 엄지공주가 손톱을 세워 제비의 등에 꽂아 넣으니 이내 얌전해졌다. 제비는 날아올랐다. 엄지공주가 오른쪽 손톱에 힘을 주자 제비가 오른쪽으로 회전했고 왼쪽 손톱에 힘을 주자 왼쪽으로 회전하였다. 그렇게 마을을 하늘에서 내려다보던 엄지공주는 세 번째 불량배를 보았다. 엄지공주를 새장 속에 가둔 불량배였다.

엄지공주는 제비의 날개 힘줄을 끊어 땅에 내려앉았다. 그러고는 세 번째 불량배의 집에 숨어들었다. 세 번째 불량배는 식사를 준비하고 있었다. 생선을 구워 접시에 올려놓고 빵을 자르던 중 엄지공주가 몰래 숨어들어가 생선의 배를 가르고 그 속으로 들어갔다. 아무것도 모르는 불량배는 식사를 시작했다.

불량배가 손으로 생선을 들어 크게 한입 베어 무는 순간 엄지공주가 손톱을 세워 목구멍으로 파고들었다.

"켁!"

불량배는 놀라 일어섰다. 손가락을 목구멍에 넣어 봤지만 이미 엄지공주가 식도를 타고 몸속 깊숙이 파고든 뒤였다. 엄지공주는 손톱으로 식도를 찢으며 내려갔지만, 바로 파먹지는 않았다. 아직 엄마가 어디에 있는지 몰랐기 때문에 좀 기다려볼 참이었다. 불량배는 가시를 크게 잘못 삼킨 줄 알고 고통을 참았다. 음식을 더는 먹을 수 없었던 그는 자리에서 일어나 밖으로 나갔다. 그러고는 여인을 넘겼던 인신매매 굴로 찾아갔다. 도착하자 인신매매단 조직원은 불량배에게 화를 냈다.

"이봐, 머리를 그렇게 세게 때려서 데리고 오면 어떡해? 바로 죽어버려서 일만 번거로워졌잖아?"

불량배가 뭐라 말하려는 찰나 배에서 엄청난 고통이 느껴지기 시작했다.

"으아아아악!"

불량배는 불타는 듯한 고통에 배를 움켜쥐었다. 엄지공주가 손톱을 크게 세워 불량배의 내장을 난도질하고 있었다. 배 속의 장기가 끊어지는 고통에 온몸을 뒤틀었다.

"이봐! 왜 이래? 어디 아픈 거야?"

불량배는 대답도 못 하고 입을 움켜쥐었다. 하지만 속에서부터 역류하는 것을 막지 못하고 피와 내장 조각을 게워내기 시작했다. 불량배가 코와 입으로 쏟아내는 피와 내장이 바닥에 뚝뚝 떨어졌다. 끔찍한 광경에 인신매매단 조직원은 공포로 질려 도망갔고 이윽고 불량배가 죽자 엄지공주는 불량배의 속을 빠져나왔다.

"엄마가 죽었다고? 믿을 수 없어!"

엄지공주는 굴을 샅샅이 뒤졌으나 엄마를 발견하지 못했다. 한참을 찾던 엄지공주는 바쁘게 움직이는 쥐들을 발견했다. 엄지공주는 이상한 기분에 쥐를 따라갔고 쥐떼가 우글거리는 구덩이 앞에 도착했다. 그곳에 엄마가 있었다. 구덩이 속 산처럼 쌓여 있는 시체 더미 가장 위에 엄마의 시체가 있었다.

"엄마⋯."

엄지공주가 처음 느낀 강렬한 슬픔이었다. 이윽고 분노와 악의가 엄지공주를 타고 흐르며 모든 손톱과 발톱과 이빨을 영원히 세우게 되었다.

"엄마를 뺀 모든 인간은 나빠. 다 죽여버릴 거야. 전부 피를 뽑어낼 거야!"

그날 인신매매단의 모든 인간은 의문의 사고로 피를 뽑으며 죽어갔다. 하지만 이미 악의의 화신이 된 엄지공주는 거기서 멈추지 않았다. 마을의 모든 사람이 이날부터 하나둘씩 알 수 없는 이유로 피를 뽑으며 죽어갔다.

트루데 부인

소녀는 고집이 센 데다 호기심이 많았다. 부모님이 무어라고 하면 꼭 반대로 하는 것이 아이의 취미였다. 소녀는 부모님이 하지 말라는 모든 것을 다 하고 싶었다. 부모님은 그런 소녀가 걱정되어 매일 당부의 말을 했다.

"얘야, 네가 무슨 짓을 해도 좋다만 절대 트루데 부인의 집에만은 가지 말아라. 트루데 부인은 나쁜 여자야. 못된 짓만 저지른단다. 네가 거기 가는 날에는 더 이상 우리 자식이 아니다."

부모님의 말씀에 흥미가 동한 소녀는 몰래몰래 트루데 부인의 집 근처에 가서 놀기 시작했다. 첫날은 트루데 부인의 집 열 발자국 앞에서 놀았다. 그러다가 집으로 들어가는 트루데 부인과 마주쳤다. 지팡이를 짚고 걸어오고 있던 트루데 부인이 말했다.

"예쁜 아가씨가 놀러 왔구나."

"안녕하세요, 부인."

부인은 소녀에게 인자하게 웃어 보였다. 소녀는 부모님이 경고했던 것만큼 트루데 부인이 나쁜 사람이 아닐지도 모른다고 생각하게 되었다.

둘째 날은 트루데 부인의 집 다섯 발자국 앞에서 놀았다. 그러다가 집으로 들어가는 트루데 부인과 마주쳤다. 부인이 들고 있는 바구니 안엔 알록달록한 과일이 가득했다.

"예쁜 아가씨가 놀러 왔구나."

"안녕하세요, 부인."

트루데 부인은 소녀에게 빨간 사과를 내밀었다. 소녀는 사과를 받아먹으며, 사람들이 생각하는 것만큼 트루데 부인이 나쁜 사람이 아닐지도 모른다고 생각하게 되었다.

셋째 날은 트루데 부인의 집 대문 앞에서 놀았다. 그러다가 집으로 들어가는 트루데 부인과 마주쳤다.

"예쁜 아가씨가 놀러 왔구나."

"안녕하세요, 부인."

"혼자 놀면 외롭지 않니?"

소녀는 부인의 말에 고개를 끄덕였다. 부인이 말했다.

"너만 좋다면, 우리 집으로 초대하고 싶구나."

소녀는 부인을 따라 대문을 열고 집 안으로 들어갔다. 트루데 부인의 집은 노부인 한 명이 살법한 고즈넉하고 낡은 집이었다. 벽 한가득 어린 자식들의 사진이 액자에 걸려있었지만, 사진 외의 자식들의 흔적은 찾아볼 수 없었다. 장작이 없어 난로를 때지 못하는지 집 안에 싸늘한 냉기가 돌았다. 소녀에게 부인이 미지근한 차와 부스러진 쿠키를 내놓았다. 차를 내려놓는 트루데 부인의 손은 앙상하고 쪼그라들어 있었다. 트루데 부인이 차를 마시는 소녀를 보고 빙그레 웃었다.

"이 집에 어린아이가 들어오는 것도 무척 오랜만이구나. 생기가 도는 듯해."

"왜요?"

"내 자식들은 모두 예전에 죽었거든."

트루데 부인이 아득한 눈빛으로 한쪽 벽에 가득한 사진들을 쳐다보았다. 트루데 부인은 소녀가 보고 있는 사진 속의 남자아이를 가리키며 옛날이야기를 들려주었다.

"얘는 첫째란다. 무척 똑똑하고 배려심이 넘치는 아이였지. 공부를 무척 잘했어. 나를 호강시켜준다며 매일매일 학교에서 가장 늦게 돌아왔단다."

사진 속의 소년은 총명한 눈을 하고 웃고 있었다. 빛바랜 사진이 세월을 드러내는 듯했다. 몇 번이고 만지고 꺼내 본 사진인지 끝이 다 헤져있었다. 트루데 부인이 계속해서 액자를 쓰다듬었다. 소녀가 그 옆에 있는 사진을 보았다. 그런 소녀를 보며 트루데 부인이 활짝 웃었다.

"얘는 둘째란다. 재기발랄해서 매일 나를 웃겨주었지. 강아
지를 무척이나 좋아했어. 하루에 한 번씩 강아지와 꼭 산책하
고 나서는 무슨 일이 있었는지 재잘거리며 이야기해줬단다."

사진 속의 소년은 강아지의 목을 끌어안고 누워있었다. 짝짝
이로 신은 양말과 해진 웃옷이 이 소년이 얼마나 활동적이고
개구쟁이였는지 말해주는 듯했다. 트루데 부인은 둘째가 얼마
나 사고를 많이 쳤는지, 그 시절로 돌아간 것처럼 신이 나서 이
야기해 주었다. 소녀는 트루데 부인의 이야기를 끊을 수가 없
었다. 아들의 이야기를 하는 트루데 부인이 진심으로 기뻐 보
였기 때문이었다. 소녀는 곧 그 옆에 있는 사진을 보았다.

"얘는 셋째란다. 소심하고 몸이 병약했지만 그만큼 여린 마
음으로 사람들을 사랑하는 아이였어. 나에게 꽃을 자주 선물해
줬단다. 책갈피로 쓰라고 말이야. 몸이 아파 자주 누워있었지
만, 그럴 때면 셋째의 친구들이 자주 이 집에 놀러 와 말동무를
해주곤 했단다."

트루데 부인이 소파에서 일어나 책꽂이로 걸어갔다.

"이 안에 셋째가 준 꽃을 끼워뒀단다."

트루데 부인이 꺼낸 것은 오래된 성경이었다. 가죽 표지가
다 닳아 종이가 부풀어 오른 검은 성경. 성경 가운데를 펼치자
바싹 마른 꽃잎이 가루가 되어 부스스 떨어졌다. 트루데 부인

이 에구머니나, 놀라 다시 성경을 닫아 책꽂이에 끼워 넣었다.
트루데 부인의 눈에 눈물이 고였다. 마음이 약해진 소녀가 부
인을 부축했다. 소파에 다시 앉은 트루데 부인이 주름진 눈가
에 고인 눈물을 손수건으로 찍어 닦았다.

"전쟁이, 사고가, 병마가, 내 모든 자식을 데려갔단다."

트루데 부인이 소녀의 손등을 쓰다듬었다.

"그래도 그 시간이 너무 생생해. 어떨 땐, 나만이 이렇게 늙
어버린 게 야속할 정도란다."

이야기를 듣던 소녀의 눈에도 저절로 눈물이 고였다.

"자주 놀러 올게요. 부인, 외로워하지 마세요."

소녀가 트루데 부인을 끌어안은 찰나, 소녀는 층계참에 서
있는 시커먼 남자와 눈이 마주쳤다. 언제부터 거기 서 있었는
지 모를 남자는 두 눈을 뜨고 소녀를 노려보고 있었다. 소녀가
비명을 지르며 뒤로 나동그라졌다.

"얼굴이 왜 그렇게 파리하니?"

부인이 물었다. 소녀가 부인의 등 뒤를 가리켰다.

"방금 본 것이 너무 무서워서요."

소녀가 벌벌 떨면서 말했다.

"층계에서 시커먼 남자를 보았어요."

"걱정하지 마. 그건 숯장이야."

트루데 부인에게 인거 소녀가 숨을 골랐다. 트루데 부인이

소녀의 등을 토닥토닥 쓸어주었다. 그런데 또다시 소녀는 창문 너머에 서 있는 새파란 남자와 눈이 마주쳤다. 소녀가 다시 비명을 지르며 트루데 부인을 꼭 껴안았다.

"무슨 일이니, 아가야?"

"창문 밖에서 새파란 남자를 보았어요."

트루데 부인이 호호 웃으며 소녀에게 물 한잔을 따라주었다.

"너무 놀라지 말아라. 그건 사냥꾼이야."

소녀는 부인이 따라준 물을 마시며 눈가에 고인 눈물을 닦았다. 물을 마시고 컵을 내려놓았을 때, 소녀는 부엌에 서 있는 새빨간 남자와 눈이 마주쳤다.

"부인, 새빨간 남자가 부엌에 서 있어요!"

트루데 부인이 소녀의 머리를 쓰다듬었다.

"그건 짐승을 잡는 백정이란다."

"백정이 어째서 부인네 부엌에 있는 거죠?"

"너 같은 어린아이들을 잡아먹기 위해서지."

부인이 순식간에 소녀를 백정에게 집어 던졌다. 백정은 커다란 칼로 소녀의 목을 잘라 벽난로에 던져 넣었다. 땔감이 생기자 벽난로에 화르르 불이 붙었다. 오랜만에 아주 따뜻해진 집에서, 트루데 부인은 콧노래를 흥얼거리며 다시 차를 끓이기 시작했다.

헨젤과 그레텔

옛날 어느 한 지방의 대상인과 귀족이 자신들의 재산과 작위를 걸고 내기를 했다.

　"당신의 대를 이어줄 남자아이가 없다면 저의 모든 재산을 드리겠습니다. 만약 남자아이가 태어난다면 당신의 작위를 저에게 주십시오."

　그 내기에 응한 귀족은 얼마 지나지 않아 예쁜 쌍둥이를 낳았다. 한 명은 여자아이였고, 다른 한 명은 남자아이였다. 귀족은 고뇌에 빠졌다. 자신과 내기한 상인의 재산을 받고 작위를 뺏기지 않으려면 남자아이가 있으면 안 되기 때문이었다. 귀족은 욕심에 그만 거짓말을 하고 말았다.

　"내 아내가 어여쁜 딸 둘을 낳았네."

　그 말을 들은 상인은 재산을 주기로 약속하였다. 그러나 쌍둥이의 아버지는 불안했다. 자식이 남매인 것을 알면 재산을 못 받을 뿐 아니라 거짓말을 들켜 가문의 수치가 될 수도 있기 때문이다. 그때부터 귀족은 남자아이에게 여자아이의 옷을 입히고 여자의 예법을 가르치며 여자로 키우기 시작했다. 남자아이에게는 헨젤이란 이름을, 여자아이에게는 그레텔이라는 이름을 지어주었다. 헨젤은 본인이 여자라 믿으며 성장했다.

둘은 부모의 사랑을 받으며 무럭무럭 자라났다. 헨젤과 그레텔은 예쁜 외모를 지녔고, 자라면서 더욱 아름다워져 갔다. 그들의 예쁜 외모에 사람들은 칭송을 멈추지 않았다. 하지만 귀족은 헨젤의 정체를 들키지 않으려고 아이들이 다른 사람과 접촉할 때 극도로 조심했으며, 일이 생기면 무마할 뿐, 제대로 훈육하지 않았다. 그 결과 헨젤과 그레텔은 오만하고 잔인한 성격을 가지게 되었다. 같은 귀족이라면 모를까 하인들이나 평민들은 사람으로 취급하지 않았다. 남매는 하인들을 물건 다루듯 함부로 다루며 학대하는 것을 당연시 여겼다.

헨젤과 그레텔이 성장하여 사춘기가 찾아왔다. 헨젤은 어느 날부턴가 자신의 신체 변화에 적응을 못 하기 시작했다. 자신은 분명히 여자아이인데 여자만 보면 알 수 없는 욕망에 사로잡혀 주체할 수 없었고 아랫도리가 묵직해졌다. 어느 날 헨젤은 같은 침대에 누워있던 그레텔을 보고 알 수 없는 욕망이 일어 괴로워졌다. 헨젤이 이상하다는 것을 그레텔은 눈치챘다.

"헨젤, 왜 그렇게 괴로워하니?"

"그레텔, 너만 보면 내 사타구니가 폭발할 것 같아. 어떻게 하면 좋겠니?"

그레텔은 그 말에 큰일이 난 줄 알고 치마를 벗어 보여 달라고 했다. 헨젤이 치마를 벗자 커다랗게 부풀어 오른 양물이 드러났고 그레텔은 자신에게 없는 이것에 놀랄 수밖에 없었다. 이건 분명 가정 교사가 가르쳐준 남자의 양물이 틀림없었다. 그레텔은 무심코 헨젤의 양물을 잡았고 순간 알 수 없는 기분에 휩싸인 헨젤은 그만 사정을 하고 말았다. 이 모든 상황이 낯선 헨젤은 울음을 터뜨렸고 그레텔은 그 모습이 불쌍하기도 하고 귀엽기도 했다. 그레텔은 순간의 충동에 사로잡혀 헨젤의 입술에 키스하였고 헨젤도 욕망에 몸을 맡겼다. 둘은 누구도 알려준 적 없지만, 몸이 시키는 본능에 따라 밤새도록 서로의 육체를 탐했다.

그때부터 헨젤과 그레텔의 일탈이 시작되었다. 한번은 자신들의 정사를 하인들에게 들킬 뻔하기도 했다. 이후 이 모습이 사람들의 눈에 띄면 어떤 벌을 받게 될지 몰라 밤마다 성 밖을 몰래 빠져나가 밀회를 즐겼다. 커다란 나무 그림자 아래에서 서로의 성기를 핥았고 호수에 몸을 반쯤 담근 채 알몸으로 사타구니를 문대며 철썩거리는 물 소리에 박자를 맞추었다. 산

중턱 바위에서 달빛을 받으며 창의적인 체위를 연구하기도 했다. 멀리 나갈 때면 길을 잃을까 걱정되어 간식 삼아 가져온 빵을 한 조각씩 떨어뜨리며 돌아갈 길을 표시하기도 했다.

어느 날, 헨젤과 그레텔은 나무 아래에서 정사를 즐기다가 영지의 경비병에게 그 모습을 들킬 뻔했다. 경비병은 남매가 서로 열중하는 모습을 보았으나 다행히도 어두운 밤이라 그들을 동물이라고 생각했다. 경비병이 제대로 알아보고 쫓아오기 전에 달아났던 그들은 다음날 더 멀리 가기로 약속했다. 귀족 영지 내에서는 들킬 위험이 크다는 것을 깨달았기 때문이었다.

다음날, 그믐달이 뜬 밤에 헨젤과 그레텔은 귀족의 영지 너머로 떠났다. 평소보다 더 멀리 가기에 표식용 빵도 두 덩이나 챙겼다. 호수를 지나고 산을 넘어 붉은 단풍나무가 시작되는 숲에 다다르자 헨젤과 그레텔은 서로의 입술을 비벼대기 시작했다. 한동안 서로의 육체에 정신이 팔려 정신없이 향기를 빨아들였다. 숲에는 음탕한 신음이 오래오래 퍼졌다. 그들이 어지간한 정사에도 지칠 일 없는 젊은 육체였기 때문이다. 그렇게 한참 동안 일을 치르며 사춘기의 성욕을 쏟아내고 성으로 돌아가려는 찰나였다. 길 표식을 하기 위해 떨어뜨린 빵조각들이 보이지 않았다.

"헨젤, 어쩌지? 빵조각 길이 없어졌어!"

"산짐승들이 모두 먹어버렸나 봐."

귀족 영지 내에서는 숲 짐승들도 통제되기에 빵부스러기를 떨어뜨려도 물어갈 짐승이 없었다. 하지만 영지를 벗어나자 짐승들이 빵조각을 모두 먹어버리고 말았다. 그제야 헨젤과 그레텔은 사방에서 지저귀는 밤새들의 소리가 들렸다. 남매는 떨리는 마음으로 숲속 길을 찾아 헤맸다. 이대로라면 해가 뜨기 전에 성으로 도착하기는커녕 영영 숲에서 굶어 죽을 판이었다. 그때 그레텔이 숲에서 불빛을 발견하였다.

"헨젤! 봐봐, 오두막이야."

오두막에 가까이 다다르자 집의 모습이 제대로 보이기 시작했다. 굴뚝에서는 연기가 모락모락 피어오르고 창가로는 주황빛 불빛이 새어 나오고 있었으며 맛있는 음식 냄새가 나고 있었다. 헨젤과 그레텔은 노크도 하지 않은 채 문을 벌컥 열고 들어갔다. 창가의 촛불은 방 안을 비추었으며 식탁에는 김이 모락모락 나는 음식들이 놓여있었다. 헨젤과 그레텔은 정사 후 허기를 느낀 데다가 길을 헤매느라 크게 지쳐 있었다. 그들은 식탁에 앉아 게걸스럽게 음식들을 먹어 치웠다.

배를 채운 헨젤과 그레텔은 소파에 누워 서로에게 기대 잠이 들었다. 그리고 기분 좋은 쪽잠 끝에 새로운 정사가 시작되었다. 비몽사몽에 치르는 정사는 더 과감한 법이었다.

헨젤이 그레텔 위로 올라가 걸쳤던 속옷을 막 걷어내는 순간

문이 벌컥 열리고 한 여인이 들어왔다.

"거기 누구냐?"

헨젤과 그레텔은 당황하여 움직이지도 못했다. 대답하기도 전에 여인은 남매를 알아봤다.

"아가씨들께서 이 누추한 곳에 어쩐 일로 오셨습니까?"

헨젤은 삽입 직전의 나체를 추스르면서 대답했다.

"밤중에 산책을 나왔다가 숲에서 그만 길을 잃었네. 어쩌다 집에 들어왔는데 이해해주게."

여인은 의미심장한 표정으로 남매를 쳐다보았다. 혼란스러웠지만 이 상황을 알아차릴 순 있었다. 헨젤은 여인의 표정에서 그녀가 자신들의 관계, 그리고 자신의 비밀을 깨달았다는 것을 알 수 있었다. 귀족 가의 쌍둥이는 사실 한 명이 남자였으며 그것으로도 모자라 서로의 육체를 탐하려 밤에 몰래 나왔다는 사실을….

"숲이 험해서 길을 잃기가 쉽죠. 밤 동안 편히 계시고 내일 성까지 모셔다드리겠습니다."

헨젤과 그레텔은 성으로 돌아갈 수 있어 안도했지만 이내 커다란 위기감을 느꼈다. 귀족 가의 비밀과 자신들의 부끄러운 행각이 온 세상에 까발려질 것이 분명했기 때문이었다. 또 천한 것에게 약점 잡힌다는 사실이 수치스러웠다.

여인이 남매를 위해 음식을 다시 마련하려고 장작을 오븐에 넣으려는 순간 남매는 커다란 오븐 안으로 여인을 밀어버리고 뚜껑을 닫았다. 여인은 화염 속에서 끔찍한 비명을 질러댔다. 남매는 이 광경을 지켜보며 서로를 끌어안았다. 맨몸으로 서로를 끌어안으며 비명을 듣고 있자니, 이상하게도 처음 서로의 나체를 보며 느꼈던 충동이 다시금 일었다. 헨젤과 그레텔은 그 어떤 관계보다 오늘이 가장 흥분되는 것을 느꼈다. 예전처럼 조용히 자신들끼리만 했던 관계는 이제 심심할 것 같다고 생각했다. 서로가 같은 생각을 하고 있다는 것을 느끼며 절정에 다다른 남매는 서로의 정기를 내뿜고는 그 자리에 쓰러지듯 누웠다.

황홀감이 지나고 여운을 느끼며 누워있던 남매는 다시 허기를 느꼈다. 때마침 오븐에서는 맛있는 고기가 구워진 듯한 향이 나고 있었다. 자신들이 성에서 먹었던 그 어떤 고기 요리보다도 맛있는 냄새가 풍겼다. 남매는 홀린 듯 오븐으로 다가가 여인의 시체를 꺼냈다. 그러고는 충동에 다시 몸을 맡기며 살점이 하나도 남지 않도록 모든 것을 먹어치웠다.

헨젤과 그레텔은 동이 트자 오두막을 떠났다. 남매는 자신들이 했던 일을 들킬까 싶어 집을 전부 불태워 버렸다. 홀가분한 마음으로 길을 떠나자 어둡고 두려웠던 전날과 달리, 밝은 빛 아래에서 쉽게 길을 찾을 수 있었다. 숲을 거닌 지 얼마 지나지 않아 남매는 그들을 찾기 위해 수색을 펼치던 경비병을 만나

무사히 성으로 돌아갈 수 있었다. 남매는 성에서 그들이 겪었던 신비로운 이야기를 사람들에게 전했다.

"저희는 영지 너머 무엇이 있는지 비밀리에 탐험을 떠났어요. 평소에는 조약돌을 떨어뜨려 성으로 돌아오는 길을 표시했지만, 그날은 조약돌을 모으지 못한 탓에 어쩔 수 없이 빵조각을 흘리며 영지 너머로 갔죠. 그런데 웬일이에요. 영지에서는 보지 못했던 산짐승과 새들이 빵조각을 모조리 먹어버려 돌아갈 길을 잃었답니다. 먹을 것도 마실 것도 없이 숲을 헤매던 저희는 한 오두막을 발견했어요. 그 집은 놀랍게도 과자와 사탕으로 만들어진 거 아니겠어요?

너무 배가 고팠던 탓이었을까요? 저희는 정신없이 과자와 사탕을 집어 먹었답니다. 크래커 지붕은 고소한 맛이 났고 붉은 딸기 사탕으로 된 벽돌은 그 어떤 설탕보다도 달았어요. 정신없이 먹던 와중에 집의 주인이 불쑥 나타났고 저희를 순식간에 잡아 묶었어요. 집의 주인은 숲의 마녀였고 과자 집의 달콤한 향기로 아이들을 꼬드겨서 잡아먹는 사악한 여자였지요. 마녀는 저희를 묶어놓고는 요리할 준비를 했죠. 인간을 요리해 잡아먹는 무시무시한 마녀였답니다. 오븐에 장작불을 넣는 순간 저희 자매는 온몸을 날려 마녀를 오븐 속으로 빠뜨렸어요. 오븐 문을 닫자 마녀는 끔찍한 비명을 질러 댔고 결국 불타 죽고 말았답니다."

사람들은 위기의 상황에서 기지를 발휘해 마녀를 죽인 헨젤과 그레텔을 칭송했고 남매의 아버지인 귀족은 사람들을 시켜 오두막을 찾았다. 불쌍한 여인을 태우고 집까지 모두 태워버린 남매 덕에 사람들은 재만 남은 오두막 터에서 한 여인의 백골을 발견할 수 있었다.

그때부터 귀족의 영지 주변 마을에는 어른, 아이 할 것 없이 한 명씩 숲속으로 사라지는 일이 발생했다. 사람이 하나둘 사라지더니 꼭 숲속에서 백골로 발견되는 것이었다. 실종자가 백골로 발견되는 날에는 끔찍한 비명이 밤새 울려 퍼졌다. 사람들은 마녀가 다시 나타나 이런 짓을 벌이는 것으로 생각했다. 사람들은 너무나 두려워 감히 숲속으로 들어가지도 못하고 마을 안에서 경계할 뿐이었다. 아무도 숲에 들어가지 못하도록 했지만 그런데도 계속해서 한 명씩 사람이 사라지곤 했다. 사람들은 숲속에 있던 마녀가 되살아나서 마을에 정체를 숨기고 숨어든 것으로 생각했다. 그때부터 온 마을에 마녀사냥이 유행처럼 번지기 시작했다.

하지만 사람들은 알지 못했다. 그 숲에서 비명이 울릴 때 헨젤과 그레텔의 웃음소리와 신음도 함께 울린다는 사실을.

잠자는 숲속의
공주

왕자는 올해 열여섯, 성인식을 치르기 위해 외국을 돌던 중
이웃 나라에서 한 공주를 만났다. 탐스러운 금발을 귀 뒤로 넘
기며 새초롬히 웃는 모습에 왕자는 한눈에 반하고 말았다. 공
주 또한 자신을 뜨겁게 바라보는 왕자의 모습을 보며 떨림을
느꼈고 둘은 금방 연인이 되었다. 두 사람은 결혼을 바랐으나
공주의 부모인 왕과 왕비는 격렬하게 반대했다. 이는 공주가
태어났을 때 받았던 마녀의 저주 때문이었다. 공주가 진정한
사랑을 찾는 날 영원한 잠에 빠질 거라는, 끔찍한 저주였다. 마
녀는 공주가 저주에 걸리면 공주의 몸을 뺏기 위해 돌아오겠다
는 말을 남기고 사라졌다. 마녀의 힘을 알고 있던 왕과 왕비는
어떻게든 둘의 사이를 막으려 했지만, 이미 공주는 왕자와 사
랑을 확인한 뒤였다.

왕자의 품에서 공주가 서서히 눈을 감던 날, 그는 그녀를 놓지 못한 채 울부짖었다. 공주에게 걸린 저주를 푸는 방법은 아무도 몰랐고, 왕자는 공주가 잠이 든 후에도 곁을 떠나지 않다가 이내 결심을 했다. 공주 곁으로 다가오는 모든 사람을 죽이겠다는 결심이었다. 그렇게 모든 사람을 죽이다 보면 공주의 몸을 뺏기 위해 찾아올 마녀를 죽이고 이 저주를 풀 수 있을 거로 생각했다. 그날부터 왕자는 귀기 어린 눈으로 유리관에 안치된 공주의 몸을 지켰다. 마녀가 어떻게 생겼는지 알 길이 없어 다가오는 모두를 단칼에 죽이면서.

곧 세상 모두는 왕자마저 마녀의 저주를 받아 미쳤다고 말하기 시작했다. 공주의 부모인 왕과 왕비뿐 아니라, 자신을 걱정해 찾아온 부모까지도 죽인 패륜아라는 말이 돌기 시작했다. 두 왕국은 왕과 왕비를 모두 잃고 분열과 쇠퇴를 거듭해 결국 멸망의 길에 접어들었다. 왕자는 그런데도 공주의 곁을 떠나지 않았다. 이제 세상은 왕자를 마왕이라고 불렀다.

"이 악덕한 마왕아! 순순히 내 칼을 받고 죄 없는 공주를 풀어줘라!"

"네놈은 마녀냐? 아니면 마녀의 사주를 받고 온 어리석은 녀석이냐? 감히 네놈이 공주를 탐하려 하느냐?"

너무나 오랜 시간 공주의 곁을 지켜왔던 왕자는 자신에게 접근한 모두가 마녀처럼 보였다. 정상적인 사고는 점점 불가능해졌고, 그저 이렇게 찾아오는 이를 죽이다 보면 공주를 깨울 수 있으리라 생각했다. 용사라고 칭하며 자신을 처치하러 온 사람도 그의 눈에는 마녀의 끄나풀로 보일 뿐이었다.

"내가 마왕에게 죽다니…. 세상의 정의는 소멸했는가!"

"나는 마녀만 죽이면 된다! 내게 다가온다면 마녀라 생각하고 벨 뿐이다!"

왕자는 자신을 마왕이라 부르며 달려드는 용사들을 죽일 때마다 괴로웠지만, 그에게는 마녀를 구분할 뾰족한 방법이 없었다. 그저 다가오는 사람을 죽이고, 또 죽이며 공주를 지킬 뿐이었다. 하지만 시간이 지나도 마녀는 나타나지 않았고, 속절없이 흘러가는 세월은 그의 힘을 앗아가기 시작했다. 공주를 위한 그의 마음은 시들지 않고 오히려 더욱 거세졌지만, 기력은 쇠하고 날카로운 검은 무뎌져만 갔다.

결국 왕자는 어느 날 나타난 용사에게 목숨을 잃고 말았다.

"마왕이여! 부디 다음 생에서는 죄를 뉘우치길 바라오!"

"내가 죽으면 마녀에게 천벌은 누가 내리는가! 어리석은 용사여! 너의 하찮은 정의가 결국 공주를 죽이는구나! 나는 마왕이 아니라 자랑스러운 일국의 왕자다. 내 죄가 있다면 공주와 진심으로 사랑했던 죄밖에 없다!"

용사는 마왕의 마지막 말이 자신을 흔들기 위한 발악으로 생각해 주저 없이 마왕의 목을 벴다. 하지만 소문과는 달리 키스를 건넸음에도 깨어나지 않는 공주를 보자 마왕이 했던 말이 맴돌기 시작했다. 용사는 무너진 왕성에 들어가 기록을 찾아보고서야 마왕이 했던 말이 진실임을 깨달았다. 잠들어 버린 공주와 그녀를 지키며 마왕이라고 불리던 왕자, 그리고 그녀의 몸을 뺏으러 찾아올 마녀에 관한 이야기가 그에게 죄책감과 책임감을 불러일으켰다. 용사는 황급히 공주가 안치된 곳으로 돌아가 이전의 왕자처럼 곁을 지키기 시작했다. 마녀가 오는 것을 기다리면서.

주변 왕국으로 마왕이 죽었다는 소문이 퍼지기 시작했다. 사람들은 잠든 공주를 보기 위해 마왕이 지키던 탑으로 몰려갔다. 하지만 그곳에는 용사가 있었고 용사는 사람들이 다가오는 것을 막으려 경고했다.

"마녀는 죽지 않았소! 공주가 아직 깨어나지 않은 것이 그 증거요! 마녀가 어떻게 생겼는지 아무도 모르니 접근하는 자는 마녀라고 생각하겠소!"

사람들은 마왕과 똑같은 말을 하는 용사를 보며 마왕이 죽으면서 저주를 내렸다고 말했다. 그곳에 모인 사람 중 하나가 타이르려 다가서자 용사는 주저 없이 그를 베어 죽였다. 사람들은 마왕이 죽자, 더 흉악한 마왕이 탄생했다며 비탄을 감추지 못했다.

용사가 마왕이 됐다는 소문은 그를 키운 유모의 귀에도 들어 갔다. 그녀는 걱정이 된 나머지 그를 찾아가 눈물로 설득했다. 전혀 상관없는 공주를 지키기 위해 왜 목숨을 거냐고 울부짖었 다. 하지만 그는 아랑곳하지 않고 돌아가지 않으면 죽이겠다고 말할 뿐이었다.

"이런 바보짓을 더는 지켜볼 수 없습니다. 저 여자를 제가 끌 어내겠어요. 저 여자 하나 때문에 도련님을 온 세상의 적으로 만들 수는 없어요!"

유모는 공주가 누워있는 유리관으로 성큼성큼 다가갔다. 용 사는 유모를 향해 검을 겨눴지만, 차마 해칠 수는 없었다. 그렇 게 용사가 고민하는 동안 유모는 유리관을 열어 공주의 팔을 덥석 잡았다.

"유모! 안 됩니다!"

유모가 공주를 유리관에서 꺼내려고 하자, 그제야 정신을 차 린 용사는 유모의 등을 베었다. 단말마의 비명을 지르며 쓰러 진 유모는 마지막 말도 잇지 못한 채 그대로 죽었다.

"유모! 유모! 아아, 날 용서하시오!"

용사는 유모를 죽인 자신을 믿지 못하겠다는 듯 하염없이 유 모의 시체를 바라보다가 끝내 울음을 터뜨렸다. 그래도 용사는 유모의 시체를 묻고는 다시 공주의 곁을 지키기 시작했다. 무 언가 석연찮았다. 용사는 유모가 이렇게 먼 거리를 올 건강상

태가 아니라는 것과 칼을 든 자신에게 살기를 뿜으며 덤벼들 만큼 강단 있는 여인이 아니라는 생각이 스쳤다. 혹시 마녀가 아닐까 의심이 갔지만, 유모를 죽였다는 죄책감에 그저 착각으로 치부했다. 이제 저 관에 누워있는 사람이 공주일지 마녀일지 확신 없는 상태에서 용사가 느끼는 죄책감은 계속 커져만 갔다. 용사의 눈은 거멓게 죽어갔고, 핏기가 사라진 얼굴에는 점점 살기가 드리웠다.

결국, 용사도 이전에 마왕이라 불린 왕자와 같아 보이게 되었다. 유모를 죽인 이후 그는 더욱 거리낌 없이 찾아오는 모두를 죽였다. 거친 싸움을 반복하며 입은 상처와 그 상처에서 흘린 피로 더러워져 갈 때쯤 드디어 공주가 깨어났다. 용사에게 먹을 것을 주려고 찾아온 마을 처녀를 죽이자마자 발생한 일이었다. 용사는 크게 기뻐하며 마침내 마녀가 죽어 공주가 깨어났다며 기뻐했다. 이제 자신과 진실한 사랑을 나눌 수 있으리라. 용사는 공주가 사랑스러운 시선을 보내주길 기대하며 무릎을 꿇었다.

"허억!"

하지만 용사는 봉두난발에 피칠갑이었고 그런 용사를 공주는 더러운 벌레를 보는 눈빛으로 바라보았다. 용사는 자신의 상상과는 너무나도 다른 반응에 당황했고, 유모를 죽인 이후 생겨난 두려움과 의심이 급격하게 자라나는 것을 느꼈다. 확인을 위해 공주에게 다가가려 하자, 공주는 진저리를 치며 두려워할 뿐이었다.

"이 괴물! 대체 뭐야? 괴물아! 썩 꺼지거라!"

공주의 비명과 외침을 들으며 크게 혼란에 빠진 용사는 너무나 당황해 굳어버렸고 머릿속에는 의심과 혼돈이 계속해서 몰아쳤다. 때마침 공주를 구출하기 위해 찾아왔던 한 왕자가 혼란에 빠져 꼼짝도 하지 않는 괴인에게 몰래 다가가 목을 쳤다. 공주를 지키기 위해 인생을 바쳤던 용사는 그렇게 죽어버렸다.

"공주! 진정하시오! 마왕은 내가 처치했소. 나는 저 먼 곳에 있는 왕국의 왕자요."

"왕… 왕자님?"

왕자가 보기에 공주는 자신이 잠들었던 때와 너무나도 다른 풍경에 커다란 혼란을 느끼는 듯했다. 왕자는 당연하다 생각하며 공주를 안심시키기 위해 노력했다.

"공주, 그대가 마녀의 저주에 쓰러지고 나서 마녀는 마왕을 소환해 그대의 곁을 지켰소. 아주 간악하고 잔인한 마녀였지. 하지만 그대가 이렇게 무사히 깨어난 것을 보니, 마녀의 저주가 효력을 다했나 보오. 이제는 안심해도 되오! 이제 나와 함께 이곳을 빠져나가 진정한 사랑을 나눕시다!"

공주인 척하던 마녀는 왕자의 말을 듣더니 그제야 환하게 웃었다. 마왕은 아니지만 뭐 어떠랴, 그동안 공주의 몸을 차지하기가 너무 어려웠는데, 들키지 않고 제대로 성공한 듯싶었다. 옆에서 열심히 이것저것 말하고 있는 왕자의 말을 들어보니 자신이 깨어나면 사람들은 마녀가 죽었을 것으로 생각할 것이고, 이 덜떨어진 것 같지만 잘생긴 왕자는 적당히 맞춰만 주면 진정한 사랑이라 착각하면서 날 위해 살겠지.

"오오, 왕자님! 감사합니다!"

마녀는 눈물을 흘리며 쓰러지듯 왕자의 품에 안겼고, 왕자는 세상을 다 가진 듯 행복한 표정으로 마녀를 부축했다. 왕자의 표정을 보며 마녀는 고소를 금치 못했다.

멍청한 놈. 멍청한 사람들.

세상 사람들 모두가 너무나 멍청하게 느껴졌다. 목이 잘린 마왕의 시체를 뒤로하고 왕자와 마녀는 진짜 왕자와 공주처럼 서로를 감싸 안은 채 탑을 나가기 시작했다. 탑을 나가기 직전 마녀는 목이 잘린 마왕을 보기 위해 뒤를 돌아봤고, 그녀의 입가에는 미소가 걸려있었다. 저- 옛날, 공주가 태어난 날 그녀를 저주했을 때 마녀가 보여준 그때 그 소름 끼치는 미소였다.

외다리병정

형형색색의 물감이 쉼 없이 오갔다. 장인의 솜씨는 정교하고 화려했다. 생생한 붉은색과 푸른색이 병정 인형의 제복에 칠해졌고, 얼굴에는 마치 살아있는 것처럼 멋들어진 눈썹이 그려졌다. 그날 장인의 손으로 25개의 병정 인형이 만들어졌고, 공방의 가장 좋은 가판대에 전시되었다.

　그중 한 병정 인형은 소총 대신 오른손에는 커틀라스를 들고 왼손에는 붉은 깃발을 들어 마치 사열하는 부대장 같았다. 24명 장난감 병정의 지휘관인 그는 자신이 가장 완벽한 장난감이라고 믿어 의심치 않았다. 그리고 단순한 장난감 이상의 예술품이라고도 생각했다.

　"형제들이여, 나는 영웅이 될 걸세. 전쟁을 상상하는 소년에게는 위대한 장군이 될 것이고 사랑을 꿈꾸는 소녀에게는 백마

탄 왕자님이 될 것이네."

병정은 형제들에게 언제나 자신의 포부를 말했고 형제들은 그의 자신감을 재밌다는 듯 지켜보았다.

"부대장님, 또 병이 도지셨습니다."

"대장님의 이야기는 날이 갈수록 재밌어지십니다, 하하."

"그러다가 장난감 상자 구석에 처박혀서 영영 잊히게 되시지 말입니다."

형제들은 가끔 병정의 왕자병이 걱정됐지만 크게 비난하지는 않았다. 병정의 바람은 사실 모든 장난감의 꿈이기도 했기 때문이다.

그러던 어느 눈 내리는 크리스마스, 중년 남자가 공방으로 들어왔다. 남자는 장난감 병정이 아들에게 줄 완벽한 선물이라 생각해 그들 모두를 데려갔다. 남자와 장난감 병정 모두 잔뜩 부푼 가슴으로 집으로 향하던 길, 그만 미끄러운 빙판에 넘어지고 말았다. 선물상자는 차가운 바닥에 부딪혔고 몇 개의 병정이 밖으로 튀어 나갔다. 그리고 대장 병정의 다리 하나가 그만 부러지고 말았다. 남자는 그래도 나머지 24개의 병정은 멀쩡했기에 안도의 한숨을 내쉬었지만 대장 병정은 이 상황이 황당하고 억울했다. 완벽했던 자신이 외다리가 되고 만 것이다.

집에 도착한 남자는 병정들을 모두 꺼내 아들의 방에 나열하였고 대장 병정도 그 틈에 끼었다. 한동안 실의에 빠져있던 대장 병정은 곧 마음을 추슬렀다. 외다리가 되기는 했지만 자신의 가치는 줄어들지 않았다고 생각했고, 여전히 이야기 속 주인공이 되리라고 믿었다.

정신을 차린 그는 주변을 둘러보았다. 방은 장난감으로 가득 차 있었다. 소년은 장난감을 무척이나 좋아하는 게 틀림없었다. 북을 치는 원숭이 인형, 태엽장치 앵무새, 멋들어진 해적선, 말을 탄 밀랍 기사 인형, 살아서 금방이라도 불을 뿜을 듯한 용 석상 등 다양한 장난감이 있었다. 하지만 이곳에서 자신보다 멋진 장난감은 존재하지 않았다. 그렇게 살피던 중 티아라를 쓴 발레리나 종이인형을 보게 되었다.

'정말 아름답군. 내가 마왕을 처치하는 영웅이 될 때 나의 공주님이 되면 좋겠어.'

병정은 연극의 주인공이 된 것처럼 발레리나에게 사랑을 노래했다.

"나의 공주님이여. 당신의 사랑을 받아주기 위해 내가 왔소."

"누구세요? 못 보던 인형인데."

"이 몸은 오늘 도착한 장난감 병정들의 대장이오. 나와 24명의 형제는 이곳의 새로운 주인공이 되기 위해 도착했소. 이곳을 둘러보던 중 그대의 아름다운 모습을 보았소. 하지만 딱하게도 그 아름다움에 걸맞는 짝이 없어 홀로 있는 게 안타깝소이다. 하지만 걱정하지 마시오! 이 몸이 왔으니 당신의 기사가 되어드리리라!"

발레리나는 어처구니가 없어 대꾸할 가치도 느끼지 못해 고개를 돌려 버렸다.

저녁에 되어 집으로 돌아온 소년은 신이 나서 방에 뛰어 들어왔다. 소년은 25개의 병정을 발견하고는 기쁨에 겨워 폴짝폴짝 뛰었다. 이미 소년의 머릿속에는 세계대전이 그려지고 있었다. 그러다 가장 끝에 놓인 대장 병정이 눈에 들어왔다.

"뭐야, 이건? 외다리가 섞여 있으니 모양이 안 서는걸?"

소년은 검과 깃발을 든 병정이 대장임을 알았으나 다리 한쪽이 없는 모양새가 영 마음에 들지 않았다. 소년은 곧바로 대장 병정이 들고 있던 깃발과 검을 떼어 다른 병정에게 준 다음 그 병정의 소총을 외다리병정에게 주었다. 그러고는 쓸모없어진 외다리병정을 방 한구석에 내팽개쳤다. 외다리병정은 구석의 벽에 부딪힌 후 책상 밑으로 떨어졌다. 그는 자신의 상황이 이해가 되지 않았다. 던져진 충격도 충격이지만 자신의 것을 뺏기고 버려진 것에 제정신을 차릴 수 없었다. 대장 병정은 24명의 형제가 어떤 엉뚱한 기사와 함께 전쟁의 영웅이 되고 종이 발레리나와 사랑을 속삭이는 것을 멍하니 지켜봐야 했다.

외다리병정은 분노했다. 그깟 다리 하나 때문에 이렇게까지 홀대하는 인간들이 저주스러웠다. 혼자 저주의 말을 퍼부으며 비참하게 누워있을 때 침대 밑에 놓인 깜짝 상자가 갑자기 열리더니 머리 한쪽이 부서진 광대머리 인형이 혀를 내밀며 외다리병정을 놀라게 했다.

"허억? 이런 끔찍한 괴물 같으니! 네놈은 무엇이냐?"

"옆에서 보고 있자니 정말 한심하기 짝이 없군. 그렇게 비참한 꼴을 당하고도 이렇게 누워만 있다니!"

"그럼 어쩌라는 건가?"

"당연히 복수해야지. 말로만 저주한다고 달라질 건 없어. 인간이 널 던졌으면 너도 인간들에게 무기를 던지고, 바닥에 긁혀 칠이 벗겨졌으면 인간의 피부를 벗겨버리고, 그들이 널 태울 것 같으면 그놈들을 화형시켜 버려야지."

"아무리 그래도 그럴 수는 없지. 장난감이라면 의당 의무가 있지 않은가?"

"두고 봐. 쓸모없어진 장난감을 인간들이 어떻게 하는지 거기서 먼지 뒤집어쓰고 지켜보다 보면 내 말이 생각날 거야. 한 가지만 명심해. 널 해하는 자들을 똑같이 해하지 않으면 넌 비참해질 뿐이라는 것을…."

외다리병정은 침대 밑 깊숙이 사라지는 상자를 기묘한 기분으로 바라보았다. 그때 문이 열리며 소년의 어머니가 들어왔다. 소년의 어머니는 청소를 시작했고 외다리병정을 발견했다.

"이건 새로 산 장난감 아냐? 다리 한쪽이 없네."

외다리병정이 드디어 구해졌다고 생각한 찰나, 소년의 어머니는 외다리병정을 창문으로 가져가 고장 난 창문틀에 받쳤다. 묵직한 창문틀의 무게에 찌그러지는 기분을 맛보게 된 외다리병정은 더욱 비참해졌다. 어떻게 이런 대접을 받을 수 있는가? 설상가상으로 소년의 어머니는 청소하다가 빗자루로 외다리병정을 쳤고 외다리병정은 창문에서 떨어져 하수구로 빠지게 되었다.

얼마나 떠내려왔는지 모른다. 어느 곳을 둘러보아도 외다리병정이 알던 세상이 아니었다. 외다리병정은 진흙과 오물로 더럽혀져 있었고 강물에 젖은 몸은 차가운 날씨로 순식간에 얼어붙었다. 자신의 비참한 상황을 돌아보며 깜짝 상자의 말이 떠올랐다. 인간은 장난감이 필요가 없어지면 무참히 버리는 존재였다. 인간이 장난감을 존중하게 하려면 두려움을 심어줘야겠다는 생각이 들었다. 그는 이제 자신을 함부로 대하는 인간은 반드시 잔혹하게 죽이겠노라고 결심했다. 오물이 자신의 몸에 쌓일 때마다, 냄새가 점점 심해질 때마다 그의 각오는 더욱 강해져 갔다.

복수심에 가득 찬 외다리병정이 처음 만난 인간은 마부였다. 마부는 길거리 모퉁이에 쓰러져 있는 외다리병정을 보고 말안장에 액세서리로 달았다. 외다리병정은 또다시 비참해졌다. 온몸이 흔들려 어지러움에 정신을 차릴 수 없었고, 말의 엉덩이에서 나오는 분뇨와 흙먼지를 뒤집어쓰기 일쑤였다. 그는 분노하며 다짐을 되새겼다. 그러던 어느 날 기회가 왔다. 마부가 말에 올라타려는 순간 외다리병정이 말의 엉덩이를 소총으로 찔렀다. 말은 온몸을 비틀어댔고 때문에 제대로 올라타지 못한 마부가 머리부터 떨어졌다. 정신을 잃고 쓰러진 마부는 흥분한 말의 발굽에 머리가 터져 죽었다.

두 번째로 만난 사람은 한 노인이었다. 노인은 마을 사람들과 함께 죽은 마부의 시신을 수습했다. 그때 한쪽에 떨어진 외다리병정을 보았다. 좀 더럽긴 했지만, 외견이 퍽 멋있다고 생각한 노인은 외다리병정을 집에 가져와 깨끗이 씻겼다. 고민하던 그는 외다리병정을 딸의 방에 장식해 두었다. 노인의 딸은 오랜 기간 남자를 만나지 못한 노처녀였다. 여인은 외로움에 매일 저녁 자신을 위로하기 바빴다. 그녀는 남근과 닮은 물건이면 무엇이든 자신의 음부에 넣어보는 취미가 있었는데 외다리병정이 눈에 들어왔다. 마침 적당한 크기라 여긴 여인은 외다리병정을 몸속에 넣고 쾌락의 시간을 즐겼다. 외다리병정은 수치심을 느끼며 분노했다. 그는 소총을 들어 여인의 질 속을 힘차게 찔렀다.

"까아아악."

여인은 질 속이 찢어지는 고통을 느끼고 외다리병정을 빼려

했으나 오히려 더 깊이 들어갈 뿐이었다. 곧 여인은 경련을 일으켰고 외다리병정은 질 속을 넝마처럼 찢어놓고 나서야 빠져나왔다. 출혈과 쇼크로 기절한 여인을 두고 외다리병정은 집을 나섰다.

세 번째로 만난 사람은 청년이었다. 청년은 시장에서 외다리병정을 주웠다. 청년은 사냥꾼이 꿈이었는데 외다리병정을 연습할 과녁으로 사용했다. 청년은 매일 권총으로 사격연습을 했다. 청년이 사용한 것은 연습용 권총탄이기에 외다리병정을 완전히 부수지는 못했으나 맞으면 불꽃이 튀었고 그때마다 외다리병정은 고문을 당하는 듯한 고통을 느꼈다. 고통을 참으며 복수의 때를 기다려오던 외다리병정은 마침내 기회를 잡았다. 청년은 언제나처럼 가방 안에 외다리병정을 넣고서 사격장으로 가고 있었다. 길을 가던 도중 급하게 용변을 보게 되었고 청년은 수풀 속으로 들어가 바지춤을 내렸다. 그때 외다리병정은 가방에서 뛰어내려 청년이 앉을 자리에 정확히 섰다. 청년이 허리를 내리는 순간 소총을 청년의 항문에 찔러 넣었다. 고요하던 숲속에서 끔찍한 비명이 울려 퍼졌다. 어마어마한 고통에 청년은 외다리병정을 뽑지도 못하고 움켜쥐었고 외다리병정은 청년의 항문을 한 바퀴 베어버리고 내장 속까지 소총을 찔러댔다. 결국, 청년은 항문에서 피를 쏟아내며 고꾸라졌다. 죽어가는 청년을 두고 외다리병정은 그의 곁을 떠났다.

외다리병정은 또다시 진창과 오물길을 걷고 또 걸었다. 그렇게 한참을 헤매다 마침내 소년의 집에 도착했다. 외다리병정은 창문을 간신히 열고 소년의 방 안으로 들어갔다. 그 모습을 목격한 다른 장난감들은 매우 놀랐다.

"아니 외다리병정이 아닌가?"

"저 끔찍한 몰골을 봐요."

"악취가 온 방에 진동하는군. 그런 꼴로 어찌 돌아왔는가?"

외다리병정은 파티장에 떨어진 거지가 된 것 같은 기분이 들었다.

"멍청한 것들! 결국 너희도 전부 소모품일 뿐이야. 머지않아 소년은 장난감을 지루해할 거고 너희는 모두 쓰레기장으로 가겠지!"

그때 소년이 방에 들어왔다. 소년은 잃어버린 줄 알았던 외다리병정이 방 한가운데 있자 반가운 마음에 다가갔다. 하지만 곧 외다리병정의 몸에서 나는 악취에 눈살을 찌푸렸다. 소년은 외다리병정을 집어 난롯가 모닥불에 던졌고 곧장 손을 씻으러 방을 나갔다. 방 안의 장난감들은 외다리병정이 불에 타는 모습을 지켜보았다. 그때 창문으로 강한 바람이 불어 들어왔고 종이 발레리나가 바람에 날려 모닥불 속에 빠졌다.

"살려주세요! 너무 뜨거워! 기사님! 용사님! 제발 저 좀 살려주세요!"

외다리병정은 한때 사모했던 종이 발레리나를 구해줄까 생각했지만, 자신을 외면했던 과거가 떠오르자 분노가 치밀어올랐다. 동시에 꼴 좋다는 생각이 들었고, 종이 발레리나를 이용할 좋은 생각이 떠올랐다. 외다리병정은 소총으로 발레리나를 찔러 그대로 밖으로 던졌다. 카펫 위로 떨어진 발레리나는 이미 불에 휩싸여 있었고, 그녀를 태우던 불은 카펫으로 번졌다. 방 안의 모든 장난감이 불이 번지는 모습을 보며 비명을 지르기 시작했다. 불은 카펫을 태우더니 순식간에 커튼으로 옮겼고, 집 전체를 태우기 시작했다. 장난감 병정을 처음 샀던 소년의 아버지는 일터에 있어서 참변을 면했다. 하지만 그가 집에 돌아왔을 때는 불타는 집에 갇혀 비명을 지르는 가족의 모습을 멍하니 지켜볼 수밖에 없었다.

라푼젤

왕자는 햇볕에 자신의 검을 비추어 보았다. 위대하신 국왕께서 이 검을 하사한 지 3년이라는 시간이 흘렀지만, 그때의 아름다운 광택을 조금도 잃지 않았다. 그가 타고 있는 아름다운 백마도 뽀얗게 빛나는 흰 털의 윤기를 자랑했다. 백마는 왕자가 처음 왕궁에서 만났을 때부터 당당한 기품을 뽐내며 충성을 다해왔다. 왕자는 아직도 그날을 생생히 기억하며 그때 부여받은 왕명을 계속 이행하고 있었다.

"왕자들은 들어라! 먼 동쪽에 저주받은 숲의 한가운데 신비한 소녀가 살고 있다. 소녀는 마법의 눈물을 흘리는데 그 눈물을 먹으면 젊음이 돌아온다고 한다. 그 누구든지 내게 이 소녀를 데려오는 자는 나 다음 가는 권력을 주겠노라."

왕에게는 3명의 왕자가 있었다. 왕자들은 젊음의 마법과 권력을 탐했지만, 저주받은 숲은 죽음의 땅이었다. 소문에 의하면 마녀의 저주가 서린 숲은 그 누구든 들어가면 미치기 마련이고 오로지 신성한 핏줄만이 그 저주를 견뎌낼 수 있다고 하였다.

첫째 왕자는 왕가의 첫 번째 후계자로서 막강한 권력과 군사들을 지니고 있었다. 그는 왕명을 받들고 이 신비로운 소녀를 찾아 나서기 위해 대규모 군대를 일으켰다.

"저주받은 숲이라고? 왕가의 후계자는 그런 뜬소문은 믿지 않는다. 나의 군대가 폐하께 젊음의 비약을 가져다주리라."

첫째 왕자는 누구보다도 빠르게 원정대를 이끌고 동쪽 끝의 저주받은 숲으로 향했다. 그러나 군대는 저주받은 숲에서 모두 미쳐버렸고 유일하게 돌아온 병사 하나만이 왕궁에 소식을 전하였다.

"그 땅은 마녀의 땅이옵니다. 오로지 신성한 왕가의 핏줄만이 안전하게 땅을 지날 수 있는데 왕자님은 건너간 후 돌아오지 않고 다른 사람들은 모두 미쳐버렸습니다. 그래서 왕자님의 소식은 알 수 없습니다."

둘째 왕자는 커다란 상단을 운영하고 있었다. 그는 원정을 준비하던 도중 첫째 왕자의 소식을 듣고는 왕국 최고의 탐험대를 꾸려 소수의 인원으로 원정을 나섰다.

"왕가의 후계자는 백성의 말에 귀를 기울일 줄 알아야 하는 법. 비록 소문에 불과하지만, 대비하고 가는 것이 좋을 것이다."

그러나 둘째 왕자 또한 실패하였고 탐험대에서 한 명만이 살아 돌아왔지만 넋을 놓은 채 혼잣말을 중얼거렸다.

"그 땅은 마녀의 땅이다. 오로지 신성한 왕가의 핏줄만이 안전하게 땅을 지날 수 있고, 그 저주받은 땅을 지나는 다른 사람들은 모두 미쳐버릴 것이다."

막내 왕자는 후계자의 위치도 아니고 막강한 권력도 없는 탓에 오로지 국왕에게서 받은 검 한 자루와 백마를 타고 홀로 왕궁을 나섰다. 다른 왕자들과 달리 막내 왕자는 모든 것을 혼자 헤쳐나가야 했기에 3년이라는 긴 시간 동안 여러 시련을 견뎌냈다. 그는 원정 기간에 왕자의 신분을 벗어던지고 마구간에서 잠을 청하고 마주치는 도적단과 맞서 싸웠으며 사냥으로 식사를 해결했다. 필요하다면 잡일하는 것도 마다하지 않았으며 그마저도 여의치 않으면 풀뿌리도 서슴없이 캐서 먹었다.

마침내 막내 왕자는 저주받은 숲에 도달했다. 막내 왕자는 그간 자신의 형제들은 어떻게 되었는지 궁금했는데 숲에 도달하자 그들의 운명을 어느 정도 직감할 수 있었다. 첫째 왕자의 막강한 군대는 이 숲에서 미쳐버려 주변을 배회하고 있었다. 마녀의 노예가 된 듯 숲에 들어오는 침입자를 보면 들개떼처럼 달려들어 산 채로 뜯어먹었다. 막내 왕자는 풀숲에 숨어서 운 나쁘게 이 숲에 발을 들인 한 사람이 뜯어 먹히는 모습을 지켜볼 수 있었다.

숲 깊은 곳에서는 유골 하나를 발견하였다. 그 사람은 둘째 왕자가 소유한 상단의 문장을 하고 있었다. 곳곳에서 둘째 왕자 탐험대의 흔적을 발견할 수 있었고 그 탐험대는 선별된 인원인 만큼 저주에 저항할 수 있었으나 지배당한 군대를 이겨내긴 힘들어 보였다. 탐험대가 꾸렸던 야영지의 흔적은 숲에 들어갈수록 작아졌으며 마침내 고난을 이기지 못하고 미쳐버린 탐험대를 마주치고 말았다. 그 탐험대는 막내 왕자를 보자 달려들었지만 막내 왕자는 왕가의 검으로 모두 베어 버렸다.

막내 왕자는 숲으로 점점 더 깊숙이 들어갔지만, 불안에 휩싸이기는커녕 점점 자신감을 얻었다. 자신은 아직 미치지도 않았고 위험한 상황 모두 이겨냈기 때문이었다. 그는 마침내 저주로 일그러진 숲을 벗어났다. 왕자의 주변은 어느새 푸른 숲으로 바뀌어있었다. 수많은 여정에도 윤기 나고 위풍당당한 그의 백마는 마치 그의 심정을 대변하듯 기세가 넘치고 있었다. 막내 왕자는 푸르른 숲을 바라보며 이곳에 그 신비로운 소녀가 있을 것이라 확신했다.

점차 아름다워지는 숲을 거닐며 들어가던 도중, 그 어떤 새의 지저귐보다도 아름다운 노랫소리가 들려오기 시작했다. 마치 요정이 귀에 속삭이는 듯했고, 그 누구라도 사로잡을 감미로운 소리였다. 막내 왕자는 노랫소리에 홀려 목소리의 주인이 신비로운 소녀의 것이라고 확신하며 그 소리를 쫓아갔다.

조급함에 숨이 차오르고 앞으로 나아갈수록 가시덤불이 길을 막았지만, 노랫소리는 점점 선명해지고 커졌다. '이런 목소리의 처녀라면 세상에서 가장 아름다울 거야. 그녀가 그 아름다운 목소리로 나에게 사랑을 속삭여주겠지?' 점점 선명해지는 노랫소리를 들으며 왕자는 상상의 나래를 펼쳤다.

　마침내 수풀 하나를 지나고 나자 눈앞에 넓은 들판이 나타났고 그 가운데 높은 탑이 솟아있었다. 신비롭고 아름다운 노랫소리는 탑의 꼭대기에서 흘러나왔다. 왕자는 혹여나 마녀가 있을까 멀찌감치 탑을 살펴보았으나 그 어디에도 탑으로 올라가는 길을 보이지 않았다. 게다가 탑은 촘촘히 가시덤불로 뒤덮여 오르기가 쉽지 않아 보였다.

　그렇게 숨어서 탑을 바라보던 도중 들판에 탑을 향해 가는 검은 로브를 입은 자를 발견했다. 왕자는 바위에 몸을 숨기며 검은 로브를 은밀히 따라갔고 탑 앞에서 검은 로브를 입은 자가 멈춰 섰다. 검은 로브가 목소리를 내었다.

　"라푼젤, 라푼젤. 너의 머리채를 내려다오."

　검은 로브에서 노파의 목소리가 들려오자 왕자는 검은 로브가 라푼젤을 잡아 가둔 마녀임을 확신했다. 마녀의 명령이 있자 탑 꼭대기의 창문에서 황금빛 머리채가 내려왔고 마녀는 그 머리카락을 잡고 천천히 올라갔다. 마녀가 탑 안으로 사라지자 황금빛 머리채도 다시 탑으로 올라갔다.

막내 왕자는 탑 주변에 숨어서 때를 기다렸다. 라푼젤이라는 아름다운 목소리를 내는 소녀가 자신의 찾는 소녀임을 직감적으로 확신했다. 이 저주받은 숲 주변은 부패하고 타락한 듯 어둠이 드리워져 있었으나 이 탑을 중심으로 한 주변의 숲과 들판은 생기가 돌 듯 아름다운 모습이었다. 마녀가 라푼젤을 탑에 가둔 채 그 힘을 이용하고 있는 것이 분명해 보였다.

잠시 후 탑에서 다시 황금빛 머리채가 내려오더니 마녀가 머리채에 매달려 땅을 밟았다. 마녀가 숲으로 사라지니 머리채는 다시 탑 안으로 들어갔고 막내 왕자는 때를 기다리다 주변에 아무도 없는 것이 확인되자 탑으로 다가갔다.

"라푼젤, 라푼젤."

왕자는 떨리는 목소리를 감추고 힘주어 말했다.

"네 머리채를 내려다오."

곧 이슬이 굴러가는 듯 맑고 애처로운 목소리가 들려왔다.

"당신은 누구신가요?"

"나는 그대를 구하러 온 왕국의 왕자요. 3년의 시련을 이겨내고 이곳에 도착하였소."

탑 위의 목소리가 대답을 망설이는 짧은 시간이 왕자에게는 천년처럼 길게 느껴졌다.

"함부로 이 탑을 오를 수는 없어요. 저주받은 가시덤불이 당신을 찌를 것입니다."

"그럼 어찌하면 안전하게 탑을 오를 수 있겠소."

"이 탑 뒤에는 환영의 숲이 있습니다. 그곳으로 가 왕가의 검으로 백마의 목을 베어 그 피를 뒤집어쓰세요. 그리고 왕가의 검을 가시덤불이 보지 못하게 그 앞에 꽂고 오세요. 그래야만 마녀의 저주를 피할 수 있어요."

막내 왕자는 탑의 가시덤불에 손을 대 보았다. 그러자 가시덤불이 검은 독사처럼 왕자를 휘감으려 꿈틀거렸다. 왕자는 놀라 손을 뗀 후 백옥같은 검과 아름다운 백마를 번갈아 바라보았다. 그동안 고난을 함께한 것들이었지만 성공을 눈앞에 둔 지금은 버려야 했다. 망설이는 왕자에게 목소리가 속삭였다.

"부디 절 그 마녀의 저주에서 벗어나게 해주세요."

왕자는 그 말에 모든 의심을 거두고 백마를 끌고 탑 뒤 환영의 숲으로 갔다. 숲은 안개가 자욱하여 한 치 앞을 보기 힘들었으나 곳곳에 동물들의 백골이 놓여 있어 죽음의 숲임을 직감했다. 막내 왕자는 죽음의 흔적들에서 눈을 돌려 자신이 맡은 임무에만 집중했다. 적당한 거리를 걸어가 한 나무 밑으로 다가갔다. 왕자는 망설임 없이 검을 뽑았다. 백마는 칼이 뽑히는 서슬 퍼런 마찰음에도 꿈쩍하지 않고 주인을 지켜보았다. 그는 눈을 꼭 감고 백마의 목을 베었다. 백마는 피를 뿜으며 쓰러졌고 왕자는 그 피를 뒤집어썼다. 왕자의 온몸이 백마가 쏟은 피로 칠갑이 되었다. 왕자는 백마의 머리를 묻고 무덤에 칼을 꽂았다. 칼은 마치 백마를 위한 묘비 같았다.

돌아온 왕자가 탑의 창문을 향해 소리쳤다.

"라푼젤, 라푼젤. 그대가 말한 대로 하였소. 이제 머리채를 내려주시오."

"네, 왕자님."

숲을 들어올 때 들었던 아름다운 소리가 들려왔다. 그 소리에 왕자의 심장이 마구 뛰기 시작했다.

'아아, 저 처녀는 얼마나 아름다울까?'

3년간의 시련을 드디어 보상받는 순간이었다. 왕자는 아름다운 신붓감을 데리고 왕좌 앞으로 가는 자신의 모습이 눈에 보이는 듯했다. 곧 탐스러운 머리카락이 물결치며 아래로 내려왔다. 막내 왕자가 천천히 머리카락을 손에 감았다. 윤기 나는 머리카락이 손바닥에 감겼고 그 감촉마저 왕자를 사로잡았다. 왕자는 벽을 타고 천천히 탑을 오르기 시작했다. 아래에는 가시덤불이 송곳처럼 돋아 있었지만, 두렵지 않았다. 라푼젤이 있는 창문만을 바라보며 한 걸음 한 걸음 내디뎠다.

"아아, 왕자님."

창가에 무릎을 짚은 왕자가 고개를 들었다. 그리고는 벽에 걸린 머리가 자신에게 말을 거는 모습을 발견했다. 한 소녀의 몸이 토막토막이 난 채 벽에 박제가 되어있었다. 단아한 눈썹과 오똑한 코, 부드러운 곡선으로 이어지는 속눈썹과 샘물 같은 눈동자. 과육처럼 붉은 입술, 그리고 하얗고 부드러운 목덜미 밑으로는 잘린 채 창가를 바라보고 걸려 있었다. 그 아래 길고 하얀 두 팔이 매달려 있었고 머리 위로는 매끈하게 긴 두 다리가 마치 더듬이처럼 뻗어있었다. 라푼젤의 오른쪽으로 오른쪽 가슴이, 왼쪽으로 왼쪽 가슴이 박제된 채 봉긋 솟아있었고 머리, 팔, 다리, 가슴이 잘린 몸통은 다른 벽에 옷걸이처럼 매달려 있었다. 방에 들어서서 이 모든 광경을 지켜본 왕자는 공포에 질려 사시나무처럼 떨었다. 벽에 걸린 채 왕자를 바라보던 라푼젤의 머리는 말을 걸었다.

"왕자님, 저주에서 저를 풀어주세요. 제발 저를 죽여주세요."

여전히 밤이슬처럼 맑은 목소리가 들려오자, 막내 왕자는 소스라치듯 놀라 휘청거리며 간신히 벽을 짚었다. 라푼젤은 눈물을 흘리며 왕자에게 애원했고 왕자는 공포에 질리고 허망한 눈길로 잘린 머리를 바라보았다.

왕자가 쓰러진 채 정신을 놓고 있을 때 라푼젤의 머리채가 갑자기 팽팽해졌다. 마녀가 돌아온 것이 틀림없었지만 왕자는 눈치채지 못한 채 라푼젤만 바라보고 있었다. 왕자는 급작스럽게 뒷목이 따끔거리는 고통에 벌떡 일어나 뒤를 돌아보았다. 그 앞에서는 마녀가 바늘을 들고 웃고 있었고 왕자는 눈앞이 흐려지며 기절하였다.

왕자가 다시 깨었을 때는 알몸으로 침대에 묶여있었다. 그 앞에서 마녀는 바쁜 듯이 물약들을 만지고 있었고 라푼젤의 머리는 눈물을 흘리며 매달려 있었다. 자세히 보니 라푼젤의 머리 아래 그릇이 있어 그녀의 눈물을 모으고 있었다.

왕자는 힘을 내어 마녀에게 말을 걸었다.

"마녀야, 이게 대체 무슨 짓이냐!"

마녀는 환하게 웃으며 왕자를 돌아봤다.

"왕자님, 드디어 깨어나셨군요. 그 아름다운 옥체를 보고 있자니 저도 흥분이 돼서요."

마녀는 물약 하나를 가져와 왕자 앞으로 다가갔다. 왕자는 침대 끝에 묶인 팔에 힘을 주었으나 매듭은 단단했고 약 기운 때문인지 힘도 나오지 않았다.

"라푼젤은 대체 무엇이냐? 내 형제들은 어떻게 했지?"

왕자의 물음에 마녀는 끔찍한 미소를 보여주었다. 딱총나무 가지처럼 길고 뼈마디가 도드라진 손가락을 왕자의 튼실한 알몸에 가져다 대며 부드럽게 만져댔다.

"순진하신 왕자님, 질문이 참으로 많으시겠죠. 라푼젤은 이 근처 마을에 살던 한 농부의 딸입니다. 엄청난 능력을 갖고 있기에 그 아비가 제 밭에서 도둑질하는 것을 빌미 삼아 이 탑으로 데려와 가두었죠. 그녀가 열다섯 살이 되던 날, 자신의 기다란 머리채로 도망가려던 것을 다시 붙잡았습니다. 그리고는 죽지도 살지도 못하게 토막 내서 저 벽에 박제시켜 버렸죠. 저 눈물의 효능은 이미 알고 있었지만, 이렇게 노랫소리로 순진한 왕자들을 꾀어내는 재능도 있을 줄은 저도 예상하지 못했습니다. 깔깔깔."

마녀는 천천히 옷을 벗으며 말을 했다. 손가락으로 왕자의 젖꼭지를 만지자 왕자는 불쾌함을 참으며 흥분감을 가라앉혔다. 마녀의 의도는 뻔했기에 넘어가지 않으리라 다짐했다.

"그리고 저 왕자들은 당신의 형제들인가요? 오랜만의 제대로 된 남자들을 만나서 좋았지만 오래가지 못해서 안타까웠답니다."

왕자는 그제야 라푼젤이 걸린 벽 반대편에 걸린 자신의 형제들을 발견했다. 형제들의 머리는 사냥꾼의 전리품처럼 나란히 박제되어 있었고 몸통은 온데간데없었다. 얼굴은 고통으로 일그러져 끔찍함을 전하고 있었고 눈알은 흰자만 드러낸 채 입은 고통을 부르짖는 모습 그대로 얼어있었다. 왕자는 분노에 차 마녀를 바라보았다.

마녀는 그런 왕자를 비웃으며 자신이 만든 물약을 왕자에게 강제로 먹였다. 그러자 폭발하는 흥분감에 왕자의 온몸이 뜨거워졌고 성기가 터지기 일보 직전으로 부풀어 올랐다. 왕자는 고통과 흥분감에 소리를 질렀고 마녀는 자신도 알몸이 되어 왕자 위로 올라탔다. 마녀는 세월의 흔적이 보이는 목소리와 달리 육체는 매우 젊었다. 마녀는 자신의 구릿빛 피부를 왕자의 살에 맞대었고 자신의 검은 유두를 왕자의 유두에 맞대어 비벼 댔다. 마녀는 검은 혀를 내밀어 왕자의 얼굴을 핥으면서 부풀 어진 남근을 자신의 음부에 넣었다.

왕자는 비참하고도 끔찍한 기분을 맛보았다. 형제들의 박제 된 얼굴과 눈물을 쏟아내는 라푼젤이 바라보는 와중에 끔찍한 마녀가 자신 위로 야생마처럼 올라타고 있는 것이었다. 둘의 격렬한 움직임에 침대는 부서질 듯이 흔들렸고 왕자의 힘을 견 디지 못하고 두 팔을 묶고 있는 부분이 부러져 풀렸다. 왕자는 그때 마녀를 밀쳐내고 재빨리 창가로 다가갔다. 라푼젤의 돌돌 말린 머리채를 창문 밖으로 던진 뒤 머리채를 잡고 빠르게 내 려가기 시작했다. 마녀는 몸을 일으켜 비명을 질렀다.

"도망갈 수 있을 것 같으냐? 너도 너의 형제들과 박제가 되 어라!"

마녀는 단검을 들어 라푼젤의 머리채를 잘라버렸다. 왕자는 잘린 머리카락을 쥐고 탑 밑으로 떨어지며 기적적으로 가시덤 불을 움켜쥐었다. 가시덤불이 뜯어지면서 왕자는 땅에 떨어졌 지만 겨우 목숨은 부지했다. 가시덤불은 왕자의 온몸을 휘감았 고 가시로 한쪽 눈을 찔렀다. 왕자는 황급히 몸을 휘감는 가시 덤불을 걷어냈다. 가시가 왕자의 몸에 상처를 내고 살점을 뜯 어냈다. 왕자는 온몸에 피를 흘리며 멀어버린 한쪽 눈을 부여 잡고 숲속을 달렸다. 마녀가 탑의 창문에서 저주의 말을 퍼부

어댔고 라푼젤의 아름다운 목소리가 구원을 노래했다. 왕자는 다급하게 말을 묻었던 환영의 숲으로 돌아가 검을 쥐려 했다. 그런데 무덤 앞에 도달하자 숲에서 미쳐버린 첫째 왕자들의 부하가 칼을 뽑아 훔쳐 달아났다. 미쳐버린 부하는 왕자도, 왕가의 상징도 알아보지 못했다.

왕자는 숲에 알몸이 된 채 피를 쏟아내며 서 있었다. 가시덤불의 저주인지 독인지 모를 무엇인가가 왕자의 몸에 퍼지면서 정신을 흐릿하게 하고 있었다. 안개 낀 숲 주변으로 들개떼처럼 발소리가 들려왔지만, 할 수 있는 일이 없었다. 미쳐버린 병사들은 왕자를 향해 구름같이 몰려들었고 왕자는 허망한 눈길로 가만히 서 있었다. 달려든 병사 하나가 왕자의 목덜미를 물자 단숨에 피가 분수처럼 쏟아져 나왔다. 수십 명분의 무게가 왕자의 등으로 부딪히자 탄탄한 육체에도 불구하고 허리가 부러졌다. 병사들은 너도나도 왕자의 살점을 뜯기 위해 안간힘을 썼고 서로가 조금이라도 더 차지하기 위해 몸을 잡아당겼다. 마침내 뼈가 부러지는 소리와 근육이 찢어지는 파열음과 함께 사지가 뜯겨나갔다. 왕자는 반항이 의미 없음을 깨달았기에 이 고통이 어서 끝나기를 빌었다. 이제는 왕자를 지켜줄 모든 것을 베는 검도 충성스러운 백마도 없었다.